小説

幼竹的時代

EL CANTARE
大川隆法
Ryuho Okawa

小說　幼竹的時代　目錄

小說　幼竹的時代

（一）

我想試著描寫小說《嫩竹的時代》的後續。這本應該會以青春期的故事為主。

相較於拚命地試圖從黑色土壤中探出頭來的《嫩竹的時代》，《幼竹的時代》將會有自己能以竹子的狀態冒出地面，向上快速成長的自覺。只不過，在這個階段還不算是真正的竹子。畢竟若不一鼓作氣向上快速成長，難免也會出現中途不幸枯萎的夥伴。

即使是庭院裡的竹筍也一樣；有時我們見到地面隆起，心想「啊，這根竹筍快要冒出來了」，之後經過三天到一週左右，有些竹筍便已長成一公尺、甚至是三公尺高了。而那些竹子的底部，卻仍有竹皮附著在上頭。沒錯，就是從前用來包裹梅干飯糰，紋路近似虎皮、雖薄卻堅韌無比的竹皮，向外剝落下垂。換言之，從《嫩竹的時代》轉變到《幼竹的時代》的過程中，同時也伴隨著「脫皮」。

這一段由少年轉變為青年的時期充滿了感受性；如何整理、克服一件又一件微小的事件，並如何將這些經歷刻劃在心底，決定了一個人將成為什麼樣的大人。

這也是一段對異性的敏銳感性覺醒、心情總是鬱悶，同時又不得不為成長打下地基，好讓自己長大成人的關鍵時期。

這段期間應該也會有一些小小的成功體驗吧？但是，說不定，失敗的經歷會更多。

比起受到他人的讚賞，更常感受到別人的輕蔑或傷害。親子之間會開始發生親情糾葛；兄弟姊妹也會產生競爭或嫉妒之心。更遑論同儕間的互相較勁，或是學長學弟之間的關係，都是讓人一則以喜一則以憂的年紀。

再加上，對性逐漸覺醒，開始認知到男女之間，那些難以言喻的戀愛攻防戰。教科書裡也隻字未提，充滿了不可思議。

若是順利寫完這本小說主角鏡川龍二的國高中時期，以及其後的歲月，或許可以說這篇小說作為一部作品，完美地呈現了《幼竹的時代》的主題吧。《幼竹的時代》是青春前期的故事，透過在這個時期感受到什麼、思考些什麼、經歷過什麼、如何評價自己，就能更清楚得知一個人未來將會長成什麼樣的大人。

探索、究明、領悟自己究竟是什麼樣的人，可以說正是青春期，尤其是思春期的使命。

經由認識自己，來發現未來的職業、未來的家庭關係、甚至是自己的命運，可說是一個非常重要的過程。

當時鏡川龍二還沒經歷足跡走遍全國的人生。他生活在四國德島吉野川中游一帶的小城鎮。町立吉野里小學畢業後，他直接進入了吉野里國中就讀。類似現代完全中學的吉野里國、高中，當時還不存在。

因此他進入附近唯一的公立國中，這裡招收了吉野里小學與鄰鎮御入學小學的畢業生。鎮上當時沒有私立國中，所以一百五十六名同學有一半是龍二的小學同學，剩下一半則是鄰鎮小學的學生。其中也有幾個大家稱為御入學小學高材生的人，令龍二有些緊張。

不過，在升學考試時，龍二的數學和國語都拿到滿分，以平均分數一百分拿下了第一名，因此備受同學和學長姊的矚目。龍二以新生代表的身分，走上司令台中央的階梯，在校長面前高聲朗讀用毛筆寫在紙卷上的誓言。

以「一九六九年……」開頭的文章本身出自龍二之手。幫他用毛筆再騰寫過一次的則是父親虎造。母親君代想必也參加了入學典禮。在哥哥修一之後，弟弟龍二也以榜首兼新生代表的身分入學，這一定也讓原本就喜歡聰穎孩子的母親感到相當自豪吧。

以龍二的情況來說，第二名以下沒有平均分數超過九十分的學生，成績差距相當大。往年的第一名，多半都以平均分數八十五分到九十分左右的成績入學。吉野里國中每年都會有幾名學生考上「德島一高」。大部分情況下，第一名會升上德島大學醫學院就讀。龍二入學時的三年級第一名和二年級第一名，後來都考上了德大醫學院。老師們都說三年級的第一名井中學長

「腦袋就像電腦一樣」。

平均而言，每四年會有一個人考上京都大學。哥哥修一就是其中一例。十年或十幾年，才會出現考上東大的人。但是，考上東大法學系的人，只有大正時代出現過一次。那已經是五十年前的事情了。當年有一個立志考上東大醫學系，且已重考第四次的考生，但最後還是名落孫山。

當時，大家都立志考上國立大學，因此除了東大、京大、德大醫學院之外，前往阪大、神戶大就讀也很尋常。

剛上國一的龍二，還不確定自己的未來。只是大致上可以預見到自己的程度足以進入四年制的大學就讀。

雙親也開始考慮要將長子和次子都送進四年制大學就讀。只不過，身為一般老百姓，又是揹負著債務的家庭，要送兩個人進大學，需要相當大的決心。父親虎造事前就向兩兄弟宣告：「要上大學，只能上國立的，不准上私立。」當時，私立大學的學費一年要數十萬日圓，但國立只要數萬日圓，虎造心中盤算，只要加上獎學金或打工的收入，就能勉強讀到畢業。

母親君代則是開始存起郵政儲金和私房錢。父親嘴上也老掛著「太浪費了、太浪費了」這句口頭禪，開始提倡起節儉。

至於嫩竹是否能順利成長為幼竹？無論是對龍二個人，還是鏡川一家而言，戰爭都已揭開序幕。

（二）

網球場位於體育館和游泳池中間。由於校舍是新建的，不僅游泳池是全新落成，網球場也是由龍二他們拉著巨大的滾輪，將運來的紅土壓平，親手打造出來的。

臨近夏季時分，在網球場上奔馳令人心曠神怡；休息時間，龍二和搭檔洋平一起坐在體育館旁邊，將雙腿膝蓋以下浸入田地裡細細的水路，同時享受著微風吹拂，暢快的感覺彷彿就像即將飛上青空中的天國。這時候，如果能夠暢飲一瓶水果牛奶，此生便別無所求。

微小的事物，也能給人帶來幸福的感受。龍二望著稍微長大的稻子，回想著入學以來發生的事。

他先前曾聽哥哥說過網球社很輕鬆，因而加入了網球社，沒想到第一個月過得相當辛苦。因為總是坐著讀書而發福的鬆垮身形，甚至讓顧問中本老師一見到龍二，便立刻心想「這學生不行」。

先做完熱身操之後，大夥便離開國中的校區範圍，慢跑一公里。接著，兔子跳繞行網球場兩圈，再大大地青蛙跳兩圈、伏地挺身三十次。等這些結束之後，再練習揮拍三百次。然後，老師才會拿出球，讓他們練習打對角球和直線球。之後是發球、接發球的練習。此外，還會各派三個人站在兩邊球場白線上，練習縱向與對角球來回對打。到此為止都只是基本練習。

由於國中沒有硬式網球，因此龍二他們打的是軟式網球。軟式網球可以透過上旋球的方式打出變化球。如果直接擊球，球會像全壘打一樣直飛出去，所以在發球時像桌球一樣，球拍往上擦過球面的上方，球就會呈現拋物線往上飛起再落下。因此，即使再怎麼用力擊球，球飛越網子之後就會開始下墜，可以將球打進直逼底線的方向。

發球時，第一發球通常多以快速直球打進直逼發球線的位置，但若出現發球失敗的情況，第二發球多半就會打出球速稍微緩慢一些，但是位置偏高的曲球，以免球卡在網子上。即使如此，如果還是連續出現失敗，就會改用下手發球，總之必須專心設法將球打進敵方的發球區。速度緩慢的發球，最容易成為對手下手的目標，對手接到球之後，多半會給予強而有力的回擊。

結束大約一個小時的基礎練習之後，便會進入對戰練習。來回互相對打稱為「rally」，龍二在軟式網球比賽中達成的 rally 紀錄是五十五次。後來，成為大學生及社會人士之後，他也玩過硬式網球，rally 的最高紀錄是五百九十九次，大約持續對打了三十分鐘。而對手是職業的網球教練。

龍二的網球好就好在他視力過人、控球精準，以及擊球果斷。雙打時，龍二的優點就是能一瞬間看穿對手隊伍露出的破綻，將球打進其中。而缺點則是他的行動還是偏慢。龍二能解讀出對手會以什麼方式回擊我方打出的球路，並以比平常再快一秒的速度衝向球的落點。他就是藉著這個方式來彌補自己的弱點。他擅長在比賽中運用頭腦解讀分析，看穿對手的習慣，靈活應用直球、變化球、直逼後衛區域底線的高吊球、穿越前衛左右的快速球、高壓扣殺、落點幾乎壓在角落線上的致勝球等，各種不同的球路。

這樣的練習從週一至週六每天從不間斷，有時，週日也會舉行對抗賽，這使得龍二的體重在一年減輕了十公斤，身高長高超過五公分，身形變靈活了些。

一年級即將結束的冬天，原本只能扣到肚臍旁邊的皮帶前端，已經能繞到背後了。

暑假期間，龍二依舊每天從日出到十一點左右，以及傍晚時分進行兩次練習。網球社某人的母親，還為大家準備了冰涼的甜湯，令龍二非常開心。

就這樣，出乎意料之外地，龍二在國中二年級的夏天成了新隊長。球場有兩座，男女分別使用一座。即使如此，龍二怎麼也沒料想到，自己竟然會成為擁有多達五十名成員的網球社隊長。

搭檔松山洋平負責前衛，動作非常俐落，而龍二對於自己能以後衛身分，一肩扛起隊長隊伍的重責大任，也稍微有了一些自信。起初，大家甚至說他是因為學校沒有相撲社才加入網球社，因此能夠成為隊長，龍二也認為自己付出了相當多的努力。在藍天下揮灑汗水，果然有助於保持精神健康，令龍二神清氣爽。打網球使腦袋放空，反而提升了知識的吸收力，讓龍二能像海綿一般源源不斷地吸收新知。

學校教授內容的八成，龍二在課堂中就能理解、吸收。剩下兩成就靠些許的預習和考前複習。世間所謂的熬夜讀書，龍二從未試過。

晚上十一點半一到，龍二會去叫醒為了深夜準備大學入學考而早睡的哥哥，自己則是五分鐘內會再度進入夢鄉。熟睡的程度，不知該說像一灘爛泥，還是像棉花糖。但是，可以說他國中時期，從不曾有過深夜十二點過後還在繼續念書的情況。

就某種意義上來說，這也是他人生中最快樂且光彩奪目的時期。

比龍二大一屆的女生隊長網球實力堅強，國中生幾乎無人能敵。因此，她只能去吉野里高中和高中生一起練習。對龍二而言，學姊也是令他嚮往憧憬的美女。後來聽說她國中畢業後就去阪神地區集體就業的消息，令龍二非常傷心。

學姊從社團引退時，來向龍二索取簽名。龍二很是猶豫，不知道自己以學弟的身分幫學姊簽名是否恰當，但是出於心中那抹淡淡的情愫，還是為她寫下了「請繼續加油。鏡川龍二」幾個字。在那之後，兩人再也沒機會見面。這也讓龍二深深感受到人生無常。

（三）

據說，今天會有忍者來學校。而且還是伊賀忍者的第十幾代傳人。龍二因為學校竟會舉辦這種活動而感到驚訝。

下午三點過後，學生們全被叫到體育館集合。

說是忍者，其實也只是個現代人。那人是個頭髮微禿、年紀五十來歲、體格壯碩、身上穿著灰色西裝的大叔。他似乎正在全國的學校巡迴演講並進行表演。

他打開唐獅子花紋的深綠色包巾，裡頭出現幾顆路邊隨處可見的石塊，大小皆在三十公分上下。

忍者大叔以宏亮且極具威嚴的聲音，透過麥克風對大家說：「各位同學，這些石塊是我從河岸邊撿來的。請你們派兩、三位同學上來講台確認看看。」

兩、三位學生站上講台，拿起石塊確認，但看起來跟河岸邊那些堅硬的普通石頭沒有兩樣。

忍者接著問：

「各位同學，你們覺得大猩猩的拳頭可以打碎這些石塊嗎？」

講台上的學生與底下坐在折疊椅上的學生，都開始議論紛紛起來，大家都說：「不可能吧？」

忍者大叔脫掉外套，露出身上的白襯衫，捲起白襯衫袖口。他手臂上長滿濃密漆黑的手毛，手指粗壯，緊握的拳頭顯得特別巨大。忍者在學生們的眾目睽睽之下，以右手的拳頭開始用力捶打石塊。

緊接著，砂岩向外飛散，綠泥片岩粉碎，紅紫色的石頭碎裂四散，碎塊從講台飛出掉落在體育館地板上。

忍者大叔再次高聲質問：

「各位同學，你們覺得大猩猩能打碎這些石塊嗎？」

大家紛紛回答：「不可能、不可能。」

學生們整理著石塊的殘骸，同時，大家的反應都變得像是被蛇盯上的青蛙一樣。

忍者接著表示要展現「念力」讓大家見識一下。他說要透過念力，移動鐘錶上的指針。

龍二感受到理化老師跟數學老師的視線。還聽見他們的心聲說著：「你上去確認一下。」

龍二和另一個在學生會擔任幹部的女生一起走上講台，成了忍者大叔的助手兼見證人。

忍者表示希望老師們可以借他兩支手錶用用，兩位老師便遞出了自己的手錶。接著，忍者詢問鏡川龍二：「你手錶上的指針指著幾點？」

龍二回答：「三點二十分。」

忍者也問了在場的平山同學同樣的問題。

平山同學也回答「三點二十分」。

忍者自信滿滿地對聽眾大聲宣告：「我接下來就用念力改變時間給大家瞧瞧。」講台上放著兩個巨大的紙袋。他從龍二和平山同學手中接過手錶，裝入紙袋之中，並未直接碰觸手錶，似乎是想靠念力來移動手錶的指針。

龍二的頭腦開始高速運轉。這場表演無疑是某種伎倆。忍者大叔若是想耍什麼手段，一定是趁他從兩人手中接過手錶，到裝進紙袋的這段時間。忍者朝左右伸出雙手，以手掌接下了手錶。從龍二手中接過手錶的瞬間，忍者趁著翻轉手掌的空檔，用右手大拇指以零點二秒左右的速度，捲動了手錶的錶冠。

身為網球社隊長的龍二，動態視力極佳。龍二早就看見錶面在翻轉到下方之前，時針已經指向十二點的畫面。然而，平山同學好像並未發現。

忍者將兩支錶裝進紙袋中，封住袋口，並說：「我接下來會透過忍術的念力來移動時間。」

接著，他開始結手印，運氣並發出「喝」的一聲。

然後，他讓龍二和平山同學打開紙袋，以強勢的口氣詢問他們：「手錶上的指針，現在指著幾點？」

龍二回答「十二點」，而平山同學則回答「十一點」。

會場一陣騷動。

因為大家真的以為手錶的指針移動，是出自忍術的念力。這類型的演技高手只會讓人回答「手錶上的指針，現在指著幾點？」以製造出一股不容讓人多嘴的壓力。

龍二也不想讓忍者當眾出糗，離開時僅僅低聲說了一句「大叔，騙人是不行的喔」，便走下了講台。

龍二事後向老師們報告了忍者用拇指轉動錶冠的做法。

雖然他並不清楚石塊為何會碎裂，但他猜想，忍者一定事先在石塊上動了什麼手腳吧。

這段逸事也清楚顯示出鏡川龍二不是一個只會盲從迷信的人，而是一個講求科學理性思考的人物。

（四）

風由下往上吹拂。mist（霧氣）覆蓋住山白竹上方，世界變成一片白茫茫。明明跟一群人一起走在山路上，但有時卻連前後的人都看不見蹤影，感覺就像獨自登山一樣。這種彷若進入異世界的感受，實在難以言喻。

暑假時，龍二又來攀登德島縣的最高峰劍山。這次的登山之旅只有短短兩天一夜，但居高臨下眺望山腳時的那種心情令人難以忘懷，因此他國一、國二、國三每年都來攀登海拔約兩千公尺的靈峰，總共來了三次。龍二的登山經驗也只有國中時期這三次。

登山之旅並非所有學生都必須參加，而是由自願參加的人組成。即使如此，應該也有幾十個人參加才對。

年長四歲的哥哥當年參加這個活動時，必須從山腳開始走上八公里長的山路，所以也有一些學生到傍晚六點還抵達不了山頂。有鑑於此，到了龍二的時候，他們會先搭乘巴士到中途，實際上走的山路單程只有兩公里半左右。

白霧散去後，鳥瞰山下景色，讓人油然生出一股從天上界俯瞰人間的心情，龍二便坐在大塊的岩石上，享用媽媽親手包的海苔飯糰便當。

有次，他和教數學的新井老師坐在一起。一隻身上閃爍銀色光芒的大蒼蠅，停在龍二的一顆飯糰上，龍二正在猶豫著是不是就別吃那顆飯糰了？沒想到新井老師對他說：「你不吃的話，我就吃掉囉。」然後若無其事地吃掉了那顆鮭魚飯糰。接著又說了一句：「有什麼好怕的，山上的蒼蠅一點也不髒啦。」

除了學校的學生之外，還有三個從其他縣市來的人走過來拜託他們：「能不能幫我們拍張照？我們忘了帶照相機。」新井老師回了一句「好哇」，便用他自己的相機，拍下他們三人佇立在天空中的照片。他們派其中一人作為代表，寫下自己的名字和地址，將紙條交給老師。老師嘴上說著「ＯＫ」，結果卻忘記寄出照片。過了好幾個月，他才在教室中向鏡川龍二坦白：「我忘了把照片寄出去了。」最重視正確的數學老師，竟出現這種不該有的失誤，但是他們之間似乎有一種說不出的默契，彷彿只要向龍二坦白，罪行就會獲得赦免一樣。

這位老師並非龍二的班導。在國三的最終升學就業面談時，龍二不久之前才剛參加了近藤升學補習班的模擬考，卻因為命題方向相差太多，成績並未擠進前四十名。模擬考中，名列前茅的很多都是德大附屬中學的學生，因此龍二與前來參加面談的父母都感到相當困惑。就在此時，新井老師從隔壁的小隔間探出頭來，對他們說：「放心啦！放心啦！用平常的模擬考比較看看，就知道龍二同學的成績比上面這些名列前茅的學生厲害多了，所以不用擔心。他一定能考進縣內前四十名，考上第一志願德島一高的。」老師竟然丟下自己班上學生的面談，來幫龍二助陣。龍二也覺得唯獨這次的成績太差，認為「德島市內的學生都有去近藤升學補習班補習，說不定他們早就學過類似的題型了」。最後的結果，完全就如新井老師所言。由於那是一家主打數學的升學補習班，所以才會出那些命題傾向新穎的困難考題，想藉此來宣傳補習班吧。也是為了順便招募升上高中的學生，才會淨出些刁鑽的題目。

在此，稍微將時間倒轉，回到國二的夏天。

龍二登上了劍山山頂，心情非常愉悅。但傷腦筋的是，他來到山頂附近時，突然一陣尿急。龍二環顧四周，正好有一處可以避開別人目光的地方，那裡有座小祠堂。龍二暗忖「神明才不會住在山頂上這種地方咧」，連忙朝著祠堂旁邊的土牆小解。結束後，他自言自語地說了一句「啊啊，舒暢多了」。他不知道祠堂裡供奉的是什麼樣的神明，但心想，反正應該是稻荷神之類的吧？

當晚，龍二在山頂稍微往下之處的 Hütte（小山屋）投宿一晚。由於山屋裡沒有自來水，只能將下在波浪鐵皮屋頂上的雨水儲存在水缸裡，作為飲用水或用來烹飪，可說是超級原始的生活。大家一起躺在老舊的榻榻米上，身上裹著毛毯入睡。

夜風颼颼，颳得門窗發出喀噠喀噠的聲響，龍二只怕有熊出現，根本不怕什麼鬼怪。並非因為龍二不相信鬼怪的存在，而是他已經在自家附近的廢棄廠房撞過好幾次鬼了，所以他根本不把那些在山中徘徊的鬼怪當作一回事。但是，有幾個朋友開始聊起了鬼故事。也有女生在談論高知那個頭髮會不斷長長的人偶。

小學時，班導負責值班的夜晚，因為老師不敢去夜間巡邏，於是叫了班上好幾個學生，讓他們玩將棋玩到九點左右。大家再一起拿著手電筒，在木造的校舍裡巡邏。從二宮尊德銅像旁邊那棟禁止進入的校舍樓梯一樓爬上二樓時，樓梯階數會不時增減，有時是十二階，有時則變成十三階——湯船同學說起學校的鬼故事，一些同學嚇得魂飛魄散。由於龍二當時也跟他們一起留在學校，所以一點也不害怕。

龍二也開始覺得有趣，他對鄰鎮小學畢業的同學，說起吉野里小學的鬼故事。那個故事是關於隔著迴廊建造在學校校舍外側的木造汲取式旱廁。是個只要進去那間廁所「大號」，就會「有一隻血紅的手突然從馬桶的洞裡伸出來……」的恐怖故事。因此，所有學生都會盡可能地忍耐，避免在學校「大號」。至於小便，則因為會有好幾個人排成一列，只要上快點就不可怕了。

不過，實際上，在山屋裡過夜的當晚什麼事也沒發生，大家便踏上了回家的路。

直到翌日才發生了問題。

龍二照鏡子時，發現自己鼻子上方直到額頭一片紅腫，以前從不曾發生過類似的事。

他連忙跑去附近的山杉醫院就醫，醫生說：「應該是在山上被有毒的蟲子螫到了」。醫生幫他擦紅藥水、蓋上紗布、再貼上膠帶，治療就結束了。患部整整花了三天才消腫。龍二知道自己登山途中或是抵達山屋之後，都沒有被有毒蟲子螫過。因為被蟲子螫到會伴隨著疼痛，應該立刻就能知道。下山後的隔天才腫起來也很奇怪。他暗忖著，看來可能是在祠堂旁邊小便，惹怒了神明吧。

十年後，待龍二有了靈力，開通了靈道時，曾將家中的湯匙和叉子扳歪了好幾根。那時，龍二請教了現身的神靈「感謝您的協助，請問您是哪位？」得到了「劍山的大天狗」這樣的回答。

龍二接著問：「我國二的時候，在劍山山頂附近的祠堂旁邊小便，隔天鼻子上方便腫了起來，那件事是否跟您有關？」

對方回答：「我那麼做是為了懲罰你的不敬之罪。」

龍二這時才明白，原來那座祠堂與劍山的大天狗有關。他也深切地感受到，果然不該對人們信仰的對象惡作劇才是。

只不過，早在國二時就能感受到「神靈作祟」，而且那種感覺還是千真萬確，也令龍二心生一股不可思議的感慨。

（五）

我還必須談談讀書的話題。

好像是去年吧？月刊雜誌《ARE YOU HAPPY?》採訪了龍二在吉野里國中的同學，並報導了鏡川龍二國中時期的模樣。有一對從御入學小學升上吉野里國中，國一才跟龍二變成同學的雙胞胎兄弟，哥哥在採訪中回答：「龍二前一晚都沒睡，一直在讀書。」以及「他才國一就唸完了高三的數學，老師也覺得很傷腦筋。」當然，前半的部分，應該是他將玩笑話當真了。至於後半，之前提過的新井老師也在採訪中回答：「數學他幾乎都拿滿分，我也從沒聽說他有過任何給老師帶來困擾的言行舉止。」

國一這一整年，龍二所有科目都拿下了第一名，所以同學們將他稍微地神格化，加油添醋之下才會變得這麼誇張。不過，也不能因此就說同學們都是說謊，於是龍二稍微回想了一下。結果，立刻就想到了一件令他不禁失笑的往事。

新井老師當時正在數學課上教授計算三角形面積的方法。只要運用「底×高÷2」的公式，就能算出三角形的面積。因為龍二一直望著窗外發呆，老師便突然問他：「喂，鏡川，圓形的面積要怎麼算？」這是很久以後才會學到的進度，所以龍二也還沒預習。龍二站起身來，說道：「從圓形的中心點向外，拉一條直線到圓周，那條線就是半徑。如果像腳踏車一樣，從圓形中心點向外拉出無數條半徑的直線，原本狹小扇形的圓周部分，應該就會無限接近直線。這麼一來，就跟計算三角形面積的方法一樣，將圓形視為無數個等腰三角形的集合，那麼面積一樣就會接近『底×高÷2』才對。所以，用『圓周×半徑÷2』應該就能算出圓形的面積。圓周是直徑的三．一四倍（π），只要知道半徑，就能算出圓形面積的近似值。」龍二胡亂地猜測回答（作者註：編輯部告訴我，根據當時的學習指導要領，小學就會教授如何計算三角形和圓形的面積了，但實際上老師問的說不定是計算扇形面積的方法，不過我還是決定依照龍二的記憶記述之）。

新井老師說：「那是高二、高三才會學到的微分和積分。你才國一的第一學期，就懂微積分了啊？」班上同學全都驚訝得瞪大眼睛。其實龍二並沒學過高中的內容，他只是靠著直覺回答罷了。幸好答案似乎是正確的。這就是事情真正的經過，只是湊巧而已。

國二的第一學期，發生了件奇怪的事情。國三學生的實力測驗中（由出版社提供的考題），國文平均分數極端地低，因此為了弄清楚究竟是題目太過困難，還是國三學生的學習能力低下，於是就讓國二的學生做了同樣的題目。碰巧監考老師一樣是數學老師新井，老師覺得默默看著學生考試很無聊，所以表示「我也要考看看」，便坐在龍二身旁的座位，開始解起國文的考題。

「我可是德大教育學院畢業的，年紀也才三十出頭。我不能在國文考試上輸給國二的鏡川，但是就算輸了，我也可以找藉口說我的專業是數學。」語畢，老師開口大笑。真是個有趣的老師。國文的考題非常困難，不愧是國三升學考試用的題目。

龍二拿到「六十六分」，令他頗為沮喪。新井老師一樣也是「六十六分」，跟龍二同分。老師表示「我可沒有輸喔」，並咧嘴一笑。

國文老師來了，向他們報告：「國三學生沒有一個人的成績超過六十六分，所以鏡川同學的六十六分就是最高分了。我們得出了結論，大家都認為是這份考題特別困難。」

同樣是國二第一學期的後半吧？為了比較國三學生英文實力測驗的結果，又讓國二學生考了一樣的試題。

結果出來之後，國三的英語主任來到龍二班上，特別為他們上了一堂課。龍二的英文考試拿下「九十四分」。老師告訴他們：「國三和國二考了一樣的英文測驗，但是拿下最高分的人是國二的學生。」

龍二以為國二有人拿下了滿分，所以直言不諱地問了一句「那個人是誰？」

英語科主任回答：「就是你啊。」

看來學校方面好像也已經確定龍二的學習能力超過國三學生了。

不過，龍二並不是個只懂讀書的書呆子。

他從國二夏天開始，就成了網球社的隊長，並且在第二學期參選學生會長，也順利當選了。得票率第二的山尾同學心有不甘地說：「我輸給了龍二提出的『以後校慶時，由男女一組搭檔跳土風舞』的政見。」不過我想，恐怕不止那些。

龍二既是校刊的總編，也是新聞社社長，要由自己親手寫下「鏡川同學當選新任學生會長」的特別報導，令他覺得有點難為情。

就這樣，龍二身兼多職、忙到不可開交。國、英、數、理化、社會這五個科目，他始終不曾將第一名拱手讓人，但是在加上音樂、美術、健教體育、工藝家政的九個科目（期末考）考試時，偶爾也會有錯失第一名寶座的時候。

升上國三之後，他進入準備升學考試的狀態，又變回不動如山的第一名。滿分五百分之中，他總能跟第二名拉開五十分以上的差距。

校刊的截稿日，他總是忙到凌晨四、五點才結束，由於他曾將這件事寫入〈編輯後記〉之中，因而在職員會議上引起了問題。

只不過，編輯校刊能讓他練習如何像新聞工作者般撰寫文章，能振筆疾書填滿稿紙上的格子，直到最後一格，也為自己帶來了不少自信。

（六）

即使現在回顧就讀吉野里國中的時期，龍二也感受不到任何不滿或不幸的感覺。吉野里國中讓一個普通鄉下小孩的才華開花結果，龍二對學校只有滿懷的感謝。相對於生活在城市的小孩忙著上補習班，累得筋疲力盡，導致在學校造成班級崩壞的主角，往往是成績優秀的學生；鄉下的高材生可說是一種中間管理職，他們時常代替老師凝聚班上同學的向心力，甚至可以整合同一屆學生或整間學校。就這點看來，鄉下的高材生較為保守，而城市的高材生多半有些向左翼靠攏的傾向，這也值得我們注意。城市的競爭激烈，因此注重優勝劣敗的傾向強烈，造成反抗體制或父母的小孩也比較多。另一方面，在讀書或運動方面得到認同，卻因此驕傲自滿、瞧不起人，或是變得更在乎身分階級的孩子也不少。即使在大都市以外的地區，也可以見到類似的現象。龍二回想起他要升上國中之前，父親虎造特地去徵求附屬中學的校長意見，結果校長告訴他，有不少學生的成績在上了附屬中學後就遇到瓶頸，升上高中後更是跟不上進度而脫隊，這容易導致一個人逐漸失去自信，所以就讀當地的學校或許會比較好。

龍二進入國中就讀的一九六九年，日本成為世界第二的經濟大國，正處於一路向上蓬勃發展的高度成長期。

一般來說，公立國中裡龍蛇雜處，既有高材生，也有準備國中畢業就去就業的人，當然不法行為、暴力、霸凌等等也時常發生，不過整體上而言吉野里國中，並未出現上述情況。

龍二可以說幾乎沒有遭受過霸凌或暴力的經驗。即使他絞盡腦汁，也只想起一個小小的例子。

他想到的，是發生在國一第一學期期中考的事情。龍二當時拿下了第一名，但是五個科目中，理化的學年平均分數只有四十分左右，其他科目則大約有六十分，因此學校決定一週後重考理化，要大家回去好好讀書。

四月，有一個姓田岩的男生，由於身為警察的父親工作調動之故，轉學進入吉野里國中就讀。他沒有考過跟其他孩子一樣的入學考試，大家都不清楚他的程度到底好不好。田岩同學在期中考，拿下了全一年級第二名的成績。那其實沒什麼大不了。只不過，問題就出在理化的重考。

即使是大家平均分數只有四十分的理化，龍二也拿下了滿分，因此就算參加重考，成績也不可能有更多的進步。但是，第二名的田岩同學原本理化成績只有七十幾分，他參加了隔週的重考後，成績躍升到九十七分。在第二次考試，龍二依舊拿到滿分，因此總成績沒有變化。不過，田岩同學的總成績進步了二十分，如果以重考成績替換原本的分數，總分就會比龍二高一分（總分五百分）。

學校召開了職員會議。老師們一致認為，無論第一次還是第二次考試中，理化都拿下滿分的龍二，卻被重考成績進步二十分的學生擠掉變成第二名，怎麼想都不合理，也對龍二深感同情。最後學校決定，維持龍二第一名、田岩第二名的排行，不再變動。家長會（ＰＴＡ）的意見也達成一致，大家都認為「外來者（德島市內的孩子）突然轉學過來就搶走第一名，會讓我們吉野里町有失體面（面子）」。這個問題就此正式解決。實際上，在大家平均分數都只有四十分的理化考試，讓後來才靠著重考提高成績的孩子，排名排在一開始就取得滿分的龍二之上，從真正的實力看來未免顯得太奇怪。

然而，山尾同學和其他幾個人，卻開始在學校內放出「真正的第一名是田岩才對」的流言。

網球社裡的情況也一樣。休息時間，龍二坐在體育館的邊緣稍微喘口氣，結果國三的瀨川君（在德島，不論學長學弟，所有男生姓氏後的稱呼一律都稱「君」）突如其來地從背後向龍二使出職業摔角的招式，並且緊緊扣住龍二的脖子。

龍二仰頭朝上，眼睛看見體育館的部分屋簷和藍天。他心想：「我會就這樣直接死掉嗎？」

撐過一分鐘之後，龍二掙脫了瀨川的手，反過來將瀨川推倒在地，跨坐在他身上。

「瀨川君，你為什麼要扣住我的脖子？」

瀨川：「就算你比別人會讀書好了，但是如果你敢耍詐，我就不會放過你的。你是不是瞧不起我們這些決定國中畢業就去工作的人？」

鏡川：「我沒有做過任何投機取巧的事。我第一次考試就拿了一百分，後來重考，我一樣還是一百分。重考的目的是為了提高其他同學的分數，問題是其他同學的成績提高了沒錯，但是我的成績沒有辦法再高了啊。如果以滿分一百二十分來重考的話，我一定還是可以拿下第一名。再說，我根本沒有瞧不起你們這些國中畢業就去工作的人。那些明明有能力上高中，卻因為家裡沒錢，被家人視為『金雞母』而去工廠工作的人，我認為他們努力工作也是為了國家。我家也沒什麼錢，而且還在償還貸款。我如果沒拿到第一名，就不能領獎學金去讀高中和大學了。我是為了世間、為了世人才讀書的。我並不是生下來就這麼聰明，而是比別人還要努力兩倍，甚至三倍。」

瀨川學長說了一句「我知道了」，並站起身來。

「你很有種嘛。」瀨川低聲說道，龍二便與他握手言和了。關於瀨川濫用暴力一事，龍二一句話也沒對老師說過。後來瀨川還是網球社成員，一切都恢復了原狀。

後來，期末考之後，龍二依舊每次考試都拿下第一名，所以大家紛紛閉上嘴，再也沒有人批評龍二了。田岩同學到國三都跟龍二同班，但大部分的情況下，還是只能拿到第二名。高中升學考試時，田岩靠著抽籤，跟龍二一樣進了「德島一高」，但他是以第一百五十名左右的成績考上的。升學考總分四百分，龍二的成績遙遙領先他四十分以上。後來他進了當地的國立大學工學院。

哎呀，還有一件事不能不提——田岩和龍二一直都是好朋友。

田岩國中時也是網球社成員，上高中後，第一個學期也曾加入劍道社。

只不過他說劍道服夏天穿起來太過悶熱，於是就退出了……。

（七）

龍二在國中時期寫的詩，後來以《詩集　青春的雛卵》為題出版了。其中有一首名為「孤立無援」的詩。

「激烈
你的話語
太過激烈
挖開我的心臟
貫穿我的內臟
然後

狠狠搗碎了我的脊椎

（下略）」

這是一首震撼人心的詩，乍看之下，實在不像優等生龍二會寫的內容。或許有人會以為龍二失戀了，和女友經過激烈爭吵，最終導致分手。

龍二本人也幾乎想不起來了。

但是，寫完前一章後，他才突然想起這首詩的背景。畢竟都已經是五十一年以前的往事了。當時龍二國三，負責女生班的上櫻老師是國文老師，她對龍二的評價非常高。她畢業於關西的女子大學，當時年紀應該剛過四十。老師非常信任龍二，在出版社提供考題的實力模擬考中，當簡答題的「正確答案」和龍二的答案有異的情況下，老師甚至會以龍二的答案為準重新打分數。

好比，出現「請將作者想透過這篇文章表達的內容，寫成三十字以內的摘要」這類考題的情況下，其實正確答案必須要詢問作者本人才能知道。出版社提供的考題解答跟龍二的解答有矛盾時，上櫻老師就會毫不猶豫地將所有答案統一成創校以來最優秀的高材生——龍二的解答。

如此深受信賴的龍二，也在上櫻老師負責的學校圖書室裡，兼任圖書管理員的工作。

某天放學後，正好是掃地時間。龍二一到二樓圖書室，就發現門已經拉開，裡頭有好幾個學生。其實，先去職員室借鑰匙開門，才是正式的手續。但是，圖書室到職員室的路程遙遠，每天負責打掃的值日生都不一樣，有時候，有人嫌麻煩，就會將拉門稍微抬高，打開門之後直接闖進去。

然而，龍二抵達圖書室不久，上櫻老師也立刻過來了。老師如烈火般勃然大怒，一副堅決不肯原諒的態度，問道：「不來職員室拿鑰匙就直接闖入圖書室，跟小偷沒兩樣。到底是誰開的？」

龍二知道是跟他同屆的一個同學，因為嫌職員室太遠，才手腳俐落地撬開了門闖入圖書室。但是，老師怒氣當頭，說不定會將那個同學的父母找來學校，給他什麼懲罰。

於是，龍二為了幫助他，決定當他的替死鬼。

「老師，圖書管理員是我。因為去職員室拿鑰匙要走很遠，加上門剛好沒有鎖好，所以大家才會直接進來打掃。其他人不需要負責，都是我一個人的責任，是我准許他們進來圖書室掃地的。不過，書都還在，並沒有失竊。」龍二回答。

上櫻老師告誡他：「身為一個人，要明白有些事可以做，有些事不該做。你身為圖書管理員，卻不來職員室拿鑰匙，真是太不懂規矩了！你這樣還是學生會長嗎？學生會長必須當其他人的表率吧？老師絕不原諒這種像小偷般偷雞摸狗的行為。」老師的怒火尚未平息。

龍二默默接受老師的斥責。其他學生都知道這不是龍二的責任，但也認為每次打掃時都得特地走到位在一樓盡頭的職員室借鑰匙，等掃完地再去歸還鑰匙的規定本身非常古板又過時。

「以後，絕對不准再犯。」語畢，老師終於結束了長達五分鐘的訓話，將鑰匙遞給龍二。平常總是會出言反駁的龍二，這次卻默默地聽著老師責備他。

「總之，責任全部都在圖書管理員的我一個人身上，我真的很抱歉。」龍二道歉。

那些成績不好的學生，並未受到學校的處罰。而學校也無法給學生會長龍二任何的懲處。

龍二那首「孤立無援」的詩，後半部這麼繼續。

「我的所作所為
我的所作所為
就那麼惡劣嗎？
我所說的話
我所說的話
就那麼令人困擾嗎？
我只不過是
拚命地思考罷了

拚命地煩惱罷了
我脆弱的心
遭受打擊摧殘
心亂如麻
在我胸口奔馳的血液
無法再繼續忍受了

在橋面下
在河堤下
希望可以好好凝視
我那張在水面上晃動的臉

我只想一直眺望著
溫暖的雲影
流過水面的景象」

只不過我想追加說明的是，鏡川龍二並未因為這點小事就失去信用。

後來，上櫻老師在第二學期時，說了一段不可思議的話。

「一、二年級的第一名，都很不受其他同學歡迎，但是你們這一屆，只要龍二同學登高一呼，大家就立刻變得團結一致呢！老師從來沒見過哪一屆像你們一樣。」

無須深入說明。龍二將這段話視為老師發出的「原諒訊號」，坦然地接受了。

（八）

我想再稍微談談有關青春期的煩惱與困惑。

這是龍二國二時的故事。傍晚，網球社的練習告一段落，大夥兒稍微休息，國一的谷岡同學突然開始說起奇怪的事情來。

「鏡川社長，我姊姊說，女生上了國中之後，每個月都會有一次上廁所時，尿出來的不是尿，而是血。你知道嗎？」

龍二對那種事情一無所知。什麼上廁所尿出來的不是尿，而是血，根本不可能發生這種事。如果真是如此，那些女學生在學校上課或是打網球的時候，不就很傷腦筋嗎？去澡堂洗澡的時候，應該也會很困擾才對。於是，龍二回了谷岡一句：「蠢斃了。不要胡說八道。」

谷岡同學忿忿不平，他說：

「我才沒有撒謊。我姊姊真的是這麼說的。」

龍二從未聽過妹妹直子提過類似的事情。可能是因為直子只跟母親君代討論相關話題吧？龍二既不曾在學校上課時聽過，家中藏書裡也找不到類似的內容。

龍二逕自思索著，沒想到谷岡同學突然衝上網球場中央，對著右側的網球社女生成員開始高聲大喊「做愛！做愛！做愛！」女生全都停下動作，回頭望向他，露出兔子般驚愕的表情。

附近農家也有頭上纏著手巾的歐巴桑從家裡出來，帶著一副「到底發生了什麼事？」的表情，聽著谷岡同學的叫喊聲。

當時，似乎只有在國三的健康教育中，才有稍微提到性教育的部分，但是教科書上也只寫了花朵雄蕊與雌蕊受精的內容，學生們對於性知識仍是一知半解。

健康教育的老師也因為害羞，不想談論人類的相關話題。直到幾十年之後，學校才開始在課堂上用男孩和女孩的人偶，教導學生「人類就是這樣合而為一的喔」。

總之，看見女生成員和附近民眾的反應後，龍二摀住谷岡同學的嘴讓他安靜下來。並小聲斥責他：「參加社團活動時，不要隨便亂說話。」

當晚晚餐時，龍二讀了旺文社出版的月刊雜誌《中二時代》，裡頭正好有一篇關於男女生理差異的特輯，以紙質粗糙的墨綠色印刷紙印製，篇幅約十頁左右。其中出現了像是「生理期」和「月經」之類的全新詞彙。於是，龍二舉起雜誌，詢問父親虎造：「爸爸，這本書裡面寫了一個叫做『生理期』的字，請問『生理期』是什麼意思？」虎造的表情瞬間僵硬蒼白。接著，父親迴避了龍二的問題，告訴他：「那、那種事情，去問你哥。」

哥哥修一當年就讀高三，但是即使龍二問他，他也回答不出來。應該說，他更像是一無所知。實際上，哥哥非常地晚熟，直到隔年他進入京都大學就讀，開始寄宿生活後，買了《花花公子週刊》閱讀，才知道小孩子是怎麼誕生的。

直到成為大學生之後，哥哥才告訴龍二：「男人的小雞雞勃起，朝女人的性器官射精，精子就會在子宮中跟女人的卵子結合，變成受精卵，好像過了十個月又十天後，小嬰兒就會出生了。」光是讀書準備升學考試和閱讀一般的報紙，根本無法獲得任何的性知識。

「那哥哥，只要男生在女生的屁股裡面尿尿，就會生出小嬰兒，所以我們是跟大便一起出生的嗎？」龍二反問。

「唔嗯，這個我也不是很清楚。我一直以為，只要男女結婚後一起生活，平常牽牽手，男人的精子就會轉移到女人身上了。」

「哥哥，我聽大人說，小嬰兒都是誕生自神社裡頭的神木樹幹上的分支，或是由送子鳥送來的，不然就是在橋下撿到的喔。」龍二說。

「原來我們都像雞蛋一樣，是跟大便一起出生的啊。難怪要用臉盆裝熱水，幫剛出生的小嬰兒洗澡。」龍二有些震驚。

哥哥修一說：「這麼說來，我三歲的時候，祖母一反常態，每週都會有一天跑來對我說『今天跟祖母一起睡吧』，我一直覺得很奇怪，結果隔年，你就出生了。」並揭曉了龍二出生的祕密。

父親虎造對男女關係尤其嚴格，他對龍二詢問「『生理期』是什麼」的行為勃然大怒，好幾次都批評他「那小子是個軟弱輕浮的傢伙」。修一和龍二兄弟倆都相信，自從孩子們出生之後，父母親之間的男女關係已不復存在。

龍二長大成人，進入商社之後遠赴紐約時，曾經有個前輩對他說：「那是因為你父親年輕的時候，在跟女人交往時遭遇過失敗的關係。所以他才會那麼厭惡女性問題啦。」一回國後，龍二返鄉回到老家，他將前輩所說的話告訴了虎造，虎造聽了後表情僵硬痙攣，一臉不悅，從此之後，龍二便儘量避免提起這個話題。

母親君代和成為大學生的龍二兩人獨處時，自顧自地說了一句：「你爸爸在山上的學校教書時，喜歡上一個已婚的女老師，搞不好就是因為這個問題，他才辭了學校的工作離開那裡。」

哥哥修一說：「我每次為了準備升學考試念書念到很晚，爸爸就會要我『早點睡、早點睡』，所以我才會去自家附近的廢棄廠房讀書。」

龍二為人父母後，聽到類似小學生觀看色情錄影帶，或私立女國中生約好了一起在國二暑假拋棄童貞（處女）之類的話題，都會不禁毛骨悚然。或許現在避孕技術進步，時代也不同以往了。但是，他至今仍然不喜歡連生活能力也沒有的學生肆意濫交。龍二認為應該是在能負起社會責任之後，再認真考慮婚姻大事才對。越來越多的單親媽媽和生活無以為繼的人們，以及孩童失足犯法，都有令人同情的地方，但是在應該透過讀書或運動打造自己的時期，輕易地選擇頹廢墮落的生活態度，或許就是因為自制心不足。

若有為了世間、為了他人而活的打算，就應該察覺自制心、克己心以及精進，能累積自身之「德」。
上天總是在測試著一個人是否有資格能成為領導者。

（九）

在本章會稍微提及龍二與其他國中之間的關係與交流。

龍二記得自己去過隔壁城鎮的山田國中三次左右，那裡同樣位於德島縣西部。第一次去，大概是國二的第一學期，鏡川龍二與寺西小百合兩人獲選參加麻植郡的英語聽力比賽。其他學校也各派出兩人，總計十多人參賽。

關於英語，只要好好預習和複習課本，並做過當時最普及的《玫瑰系列叢書》、《中一時代》和《中二時代》等參考書籍的學習附錄，大致上就能在學校的考試裡拿下滿分。但由於當年機器還不如現代一樣普及，甚至連小型收音機都沒有，也沒有外籍教師授課，因此關於聽力方面完全是個未知數。

這也就是為何吉野里國中會派出長年彈奏鋼琴、聽力過人的寺西同學參賽的原因。

英語方面，除了國一和國二的班導吉永初美老師在課堂上的發音之外，龍二沒聽過其他人說的英語。老師年紀超過三十五歲，從沒去過國外，還是個媽媽。她很喜歡龍二，國一和國二時都是龍二的班導，每年都會寄送賀年卡給龍二，且持續了很多年，但由於龍二長大成人後經常調職或搬家，不知不覺間就失去了聯繫。

那次是由男老師開車接送他們到山田國中參賽。在聽力比賽上，第一次聽見道地的英語時，真是一場悲劇。無論是速度還是發音，都跟龍二他們在課堂上使用的英語截然不同。比賽結束時，龍二認為自己的成績或許會吊車尾。老師們可能知道了比賽的結果，但是並未告訴龍二他們這些參賽的學生。只不過，龍二還記得山田國中那個個子很高的原山同學拿下第一名，興高采烈地高舉冠軍獎盃的畫面。亞軍也是山田國中的女生。原山同學在那之後以第十四名的成績考上了「德島一高」，並且直接升上了慶應大學工學院。高中時期，因為他們搭乘同一班火車上學，所以成了會聊上幾句的朋友。由於山田國中是主辦學校，說不定事前就做好了某些對策。即使如此，龍二還是後悔不已。即將進入高中就讀時，他請父母買了一台能夠放在桌上的收音機，每天回家後到吃晚餐之前，都會收聽十五分鐘由東後勝明老師主講的「英語會話」節目。如果龍二在國中時期參加現在的英檢或是多益（TOEIC），應該會全軍覆沒。因為當年是直到大學入學時，才第一次出現聽力考試。

第二次去山田國中是國二的第二學期。這次是為了參加麻植郡的演講比賽。來自各所國中的代表，輪流在體育館講台上發表動人心弦的演說。那次是由教授國文的楠本老師開車送龍二過去參賽。冠軍又是山田國中的女學生。當她坐著輪椅登上講台時，龍二不禁心想「這可真是賺人熱淚的一步好棋啊」。實際上，她也的確聲淚俱下地闡述著輪椅生活的辛勞，感動了全場。未來將會成為專業演講者的鏡川龍二，發表了他的「凌雲壯志」。那次演講和現在一樣，都是沒有草稿的現場演說。許多學生都記得龍二雙手撐在講台上、慷慨激昂地發表演說的模樣，後來有些人進了吉野里高中，只要在車站剪票口或月台上看見龍二，都會跑來跟他搭話。根據楠本老師所言，輪椅女孩那場賺人熱淚的演講能拿下第一名，也是無可厚非。不過老師也說，他認為第二名屬於龍二，若以正式的演講而論，龍二則是第一。只可惜這次又輸給了山田國中。

第三次去山田國中，則是國三的第一學期。在吉野里國中擔任新聞社顧問的國文老師富川，在龍二國三那年調到山田國中。

國一的第一學期，班上女同學將龍二第一次創作的詩〈老人的手〉（收錄在《青春的雛卵》中）寫在教室後方的黑板上。結果富川老師看見後，便在下課時間走進教室尋找龍二，並稱讚他「很有才華」。龍二不曾直接上過富川老師的課，龍二就讀國二時，富川擔任國三的老師，但是他先前教過較龍二年長四歲的哥哥修一，對鏡川兄弟的文采也相當關心。

富川老師看見龍二在撰寫校刊的社論時，引用吉川英治描寫《宮本武藏》的心境來為國三考生加油，便感受到龍二的不同凡響。富川老師認為龍二就讀吉野里國中，無異於「鶴立雞群」，就像「垃圾裡出了稀世珍寶」。老師這番話雖然不能照單全收，但他似乎早就看透龍二在文采上的造詣，已不止國中生的程度，這也給了龍二不少勇氣。

富川老師調到山田國中後，委託從吉野里町通勤的老師，帶了一張手寫的紙條給龍二，上頭寫著他希望教導學生會成員有關校刊的製作方法。並且還要求龍二等人週六下午騎腳踏車到山田國中，來教那裡的學生如何製作報紙。龍二週六當天早上才接獲紙條，不由得大驚失色。

騎腳踏車到山田國中應該有將近八公里左右。龍二也問過新聞社成員，但幾乎所有人都表示當天無法前往並拒絕了。龍二下定決心，決定即使只有自己一人也要赴約，在拜託了淺川同學幾次之後，淺川答應同行，讓龍二鬆了一口氣。總之，這還是一個想跟人聯絡非常困難的年代。

週六下午三點左右，他們騎了八公里的腳踏車，一抵達山田國中正門，二樓陽台上幾名男女學生立刻歡聲雷動，高喊：「他真的來了！」似乎是因為富川老師曾多次跟他們說：「鏡川一定會來。他是一個篤守信義又正直的男人。」龍二和淺川同學帶領他們入門，一步一步學習製作報紙的方法。山田國中的學生會長是個女生。她後來特別投稿給吉野里國中的校刊，但是新上任的新聞社顧問——一位懷孕八個月的女老師憤怒地向學校投訴，她認為校刊不該擅自刊登其他學校學生會長的文章，並將此事上報職員會議。

然而，由於她實際上並未對新聞社帶來任何貢獻，因此其他老師都表示支持龍二的判斷。

雖然這件事被上呈到職員會議中討論，但是龍二能夠守信，成為富川老師口中那個「鏡川一定會來。他是一個篤守信義又正直的男人」，也是龍二最引以為傲的一件事。不僅如此，當年與龍二同行的淺川同學，後來也出人頭地，成了四國放送的董事。未來的兩位專家，在年少時期就能夠出力協助鄰鎮的國中，即使現在回想，實在是無比的榮耀。

（十）

鏡川龍二國中時期的故事即將接近尾聲。描述他的《幼竹的時代》之際，探討關於貫穿他國高中時期的「Ethos」（持續不懈的精神）究竟為何，成了本章的重點。

說實話，筆者認為，一本讓龍二從國一至高三這段期間，每年反覆閱讀的書籍，對他造成了莫大的影響。那本書正是一本文庫本——安德烈・紀德的《窄門》。

當然，龍二那時每學年入學的學童人口，遠比現在來得多，導致重考生也多如過江之鯽；舉國上下，包含大學在內，無不處於創設新學校的浪潮之中。事實上，報紙在形容高中或大學升學考之際，也多以「窄門」描述。另外，一個班級五十名學生總是爆滿的情形也是事實。

然而，龍二認知中的「窄門」，其意義並非入學門檻的難易度或錄取人數名額的問題那麼簡單。

當龍二閱讀到紀德的《窄門》第一頁「你們要為進窄門而爭戰——《路加福音》第十三章二十四節——」這句話時，他感受到一股宛如電流般的衝擊竄過他的脊椎。

這也是基督教式的人生觀，流入龍二人生觀的瞬間。

文言版的新約聖經中，好像也寫著「那通往滅亡的門是寬的，從那裡進去的人也多；然而，那通向永生的門是多麼窄，從那門而進的人是多麼少」這樣的內容。

龍二感覺到距今約兩千年前，在以色列那片土地上，一個人們稱為耶穌・基督的人所說的一字一句，彷彿就像自己所說出來的一樣。

「沒錯，大家的目標都是通向滅亡的門，都是充滿人世間各種誘惑的寬闊大門，但我不是那種人。我的目標是窄門。那才是能帶領我通向永生的門。我不該為了我自身的成功、幸福、興盛，以及自我滿足而活。我絕非是只為了自傲、名聲和一己之利而活的人。相反的，我更應該如『如果種子不死』一樣，為了更加偉大的使命奉獻自己才行。」

若說龍二在小學高年級讀到《史懷哲傳》時，第一次感受到從天而降的使命感，那麼可以說，龍二國一那年讀到《窄門》時，上天已經為他降下第二次的啟示。

他並不是為了自己的利益、名聲或滿足，才想在讀書學習上取得成功。

他想要的並非大家追求的「寬闊大門」，而是讓自己的靈魂通過艱苦考驗，以穿過「窄門」、「生命之門」。就這點看來，那些為了贏得世人評價而一心想進入名校就讀的考生，和龍二之間存在著一條清晰可見的界線。

龍二心中有「愛」。但是那份「愛」，比起「異性之愛」，更早出現的是「人類之愛」。

就這層意涵上，可說龍二是為了「愛與信仰」而活的人，也是一個不折不扣的「求道者」。

有少數人感受到他身為「求道者」的一面。只不過，大多數人從他身上感受到的，都是寬大仁厚的「學問與德行」。

龍二從未向父母或友人吐露過自己的真心。

只不過可以確定的是，無論在誰眼中，他都是一個「專一的人」。然而龍二自己當時也沒發覺，原來專一的性格，竟會為他帶來救世主式的覺醒。

那時的他還需要學習更多的學問與道理。

對他而言，「長大成人」就是這麼困難的一件事。

一九七二年三月，高中升學考迫在眉睫。

回顧國中三年，可以說並不是學校給自己帶來了幸福，而是因為有自己的存在，才讓學校整體上散發出光采；龍二也因而獲得了寶貴的經驗。吉野里國中在龍二就讀的那段期間，的確顯得相當耀眼。教數學的新井老師也曾經多次接獲吉野里高中禮聘（禮節周到地招攬人才），希望他能到校擔任數學老師，不過老師卻說：「即使去了吉野里高中，也遇不到像鏡川龍二那樣幾十年才出現一個的高材生。所以，我拒絕了好幾次。國中階段，有時候會出現一些讓人眼睛一亮的學生。老師知道你哥哥上了京大。所以老師很想看看你究竟能變得多不得了。老師這種職業，只要看見自己的學生變得比自己偉大，就會滿心歡喜，實在是一種奇怪的族群。」

三年級的班導上櫻老師也對龍二讚譽有加，後來龍二在車站剪票口遇見她時，老師還笑著對龍二說：「聽說你考上了東大。我的國文程度也不如你了呢。」

國一、國二的班導吉永老師也一樣，看見龍二兩次拿下全國第一，老師對他的疼愛甚至超乎與自己同年齡的兒子。只可惜國三那年，老師因為師丈調職，也跟著調去德島縣南部的學校了。

國三時，龍二已經讀到原仙作的名著《英文標準問題精講》（簡稱《英標》）了。那是哥哥為了報考京大所使用的參考書兼題庫。他的英文程度早就超越吉永老師教得了的範圍了。

令人意外的是，比起升學考五個科目都拿下優異的成績，聽見教美術的大原老師說「我教美術教了二十多年，第一次看到在全縣統一模擬考美術科目中拿到滿分的人」，以及工藝家政老師或音樂老師看見龍二在筆試中拿下滿分，驚訝得目瞪口呆的模樣，更令龍二覺得好笑又有趣。龍二當初聽從父親的勸說，沒去附屬中學就讀，或許實屬幸運，最後能記得同屆全部一百五十六名同學的名字，並為他們的人生帶來某些影響，令龍二著實感到開心。

正式考試有一萬兩千多人報考，以平均分數九十六分拿下榜首的人，據說是德大附屬中學第一名（？）的岡島同學，他後來應屆考上了東大理一。岡島也是演奏鋼琴的名手。龍二的平均分數九十三分，可惜他因為兩小題的差距，無法成為榜首。他似乎輸給了附屬中學的第一名，和德島國中第一名的仁木同學。不過，在德島市內以外的其他各郡的所有考生中，龍二則是第一。由於來自吉野里國中的畢業生，過去不曾有人拿下這麼高的成績，因此大家一致認為龍二一定能夠考上東大。

原本若是來自郡部的考生，能以如此優異的成績入學，通常高中三年期間，一般都能遙遙領先群雄。問題就在於龍二的國中雖然只有騎腳踏車十五分鐘的距離，然而「德島一高」卻遠在勉強還能每天通車上學的地方。

從頭開始的劍道社練習，加上每天通車上學的雙重壓力，讓龍二不得不為自己駑鈍的「天資」所苦。

（十一）

龍二的高中時代終於開始了。他每天早晨六點半起床，吃完早餐、洗好手及刷完牙之後，七點離開家門，搭乘七點十分從吉野里車站發車的蒸汽火車。

從家裡到車站必須加快腳步。母親做的早餐大多都是白飯搭配海帶芽味噌湯、生雞蛋和海苔。為了趕走睡意，母親還會另外準備一杯雀巢即溶咖啡，龍二總是一口氣喝光它。所以，每天手上提著沉重的黑色皮革書包，在家裡到車站那條小小的斜坡上小跑步時，胃裡的味噌湯、生雞蛋和咖啡全都混合在一起，總令龍二有種奇怪的感受。龍二每天早上都覺得這樣的早餐組合實在怪異，但是母親認為早餐吃麵包，不到中午就會肚子餓了，因此堅持讓龍二吃日式的早餐。問題是當時煮飯的鍋子，雖然已經是電鍋，但還沒有定時器。母親晚上十二點過後會先將米淘洗過兩次，再將水和洗好的米事先浸泡在電鍋底部。鬧鐘定在清晨五點起床，再按下開關。飯煮好之前的這段期間，她會先準備早餐和便當。在德島縣政府工作的父親虎造與龍二，每天都搭乘同一班火車。包含升上吉野里國中三年級的直子那一份，總共要做三人份的便當。直子總是邊吃著早餐邊收看晨間新聞，等看完晨間連續劇之後再騎腳踏車上學，也還趕得上到校時間。那時，長子修一已經去京都大學就讀，因此母親可以少做一人份。不過直子會在父親和龍二急忙衝出家門之後幫忙清洗碗盤。母親君代喜歡做飯，動作很快，但卻不怎麼喜歡收拾善後和清洗碗盤。此外，她也喜歡洗衣服，她不相信光靠洗衣機轉動清洗就能洗掉衣物上的汙垢，因此較頑強的汙垢，她還是會用手洗。

直子在吉野里國中擔任學生會的副會長。她雖然不如哥哥龍二能言善道，但是成績一樣優異，總是在一、二、三名之間上上下下。

她不喜歡人家說她是沾哥哥的光，也不喜歡人家拿她的成績跟哥哥比較。她參加了排球社，可惜身高不夠，無法擔任前鋒攻擊手，因此她做為場中的主力，比較擅長舉球，將球傳給攻擊手以展開攻勢。

但畢竟哥哥留下的傳說實在太多。因此，直子總是像披上透明披風一樣，努力地試著消除自己的氣息。

直子國二、龍二國三的那年暑假，老師們每年都會因應升學考試，開設特別課程。通常都是由家長會（PTA）集資，支付二～三萬日圓給開設暑期輔導課程的老師做為謝禮。在沒有升學補習班和一般補習班的吉野里町，讓學生放牛吃草一個月以上，在學力方面會有相當大的危險。

但是，哥哥的暑期輔導課才上第一週，老師們突然發出怠工宣言。由於學生們缺乏學習的動力，老師們於是取消了後續課程。

當時擔任學生會長，個性又血氣方剛的龍二哥哥，當然不可能默不吭聲地只回答一句「這樣啊？我知道了」就乖乖退下。直子有預感，一定會發生什麼事。

不知道老師們是怠工還是罷工，總之在老師們全體缺席的那一天，龍二哥哥將升學班的同學們都叫來學校集合。

接著，龍二自己站上講台，講授當天預定的課程內容，包含英語、數學、國文、理化和社會等教材講義，還用粉筆在黑板上寫下重點。

所有學生一致認為龍二哥哥的程度並不比國中教師差。他們在筆記本上抄下龍二哥哥寫的板書，甚至還熱絡地舉手發問。成績第二、三名的同學，也加入其中輔助龍二，希望多少能夠幫上他。

這樣的事情還是吉野里國中創校以來第一次發生。龍二哥哥並未向老師們報告過任何事。在他心中，這終究只是自主學習。

不過，龍二哥哥的課似乎教得很好。學生們並不抗拒同學幫自己上課，隔天也打算來到學校聽課。

然而，值班的老師似乎得知了這個消息。加上學生們回家後，也向父母報告了這件事，於是很快就傳進了老師們耳裡。

龍二哥哥用了出其不意的「兵法」，讓老師們指責「學生們缺乏學習的動力」的論點頓時瓦解。

翌日，所有老師都來到學校，輔導課也重新開始。老師們都明白龍二有能力代替他們教課。若再繼續偷懶，下次挨罵的可就是他們這些老師了。

關於這件事，老師們對龍二沒有提出任何意見和批判。校長、教務主任，還有升學規劃的主任，也都沒說什麼。

另一方面，龍二也從未批評過老師一句話，隔天起，他又變回普通的學生乖乖上課聽講。

那麼，當時德島縣的最高學府「德島一高」又是什麼情況呢？

一年級班導柏崎老師，在五月連假的某一天，邀請班上人稱「排名前百分之十組」的四名男學生到自己家中吃午餐。

龍二是班上第一名，班導命令他擔任「新聞股長」。因為班導認為班級的氣氛是否高昂，全取決於新聞股長。德島一高每一屆有多達九個班級，且每班五十名學生；升學考試排行第十四名的住田同學，在班上則是第二名，班導讓他擔任班長。第十四名的升學考試平均分數為九十分，同分的有好幾個人。此外，班導還邀請了校排行第三十名左右的豐中同學，以及第四十名左右的井筒同學。

後來，住田同學考上一橋大學社會學院，並進入ＮＨＫ工作。豐中同學則進入京都大學工學院就讀。井筒同學沒考上東大，進了中央大學法學系，畢業後連續考了幾年的司法考試，但最後他似乎成了之前打工時待過的學校行政人員。龍二通過司法考試的是非題型時，井筒同學還跟從東大法學系畢業後，先當過銀行員又成為法官的赤木同學，兩人一起來找龍二。井筒同學和高三同班的赤木同學，那時候也還無法突破是非題型的難關。

當時的司法考試難如登天，每年超過三萬人報考，錄取人數則不到五百人，競爭率超過六十倍。有關這段故事，稍後會再提。

（十二）

受班導柏崎老師的邀請，到老師府上作客時，師母一看見龍二便說：「你一定天生就是個樂天派，對吧？你看起來個性積極進取、充滿自信，一定深信自己絕對不會輸給別人。」

柏崎老師是「生物」老師，好像很享受親手為魚類動變性手術，改變公魚和母魚的性別。前一年，他同樣擔任高一班導時，正好是近藤陽作學長的班導，學長畢業於吉野里國中鄰近的山田國中。龍二姑且稱呼近藤為「學長」是有理由的。這位近藤學長對龍二造成的影響之大，不容小覷。近藤和龍二同樣搭乘火車上下學，無論是通往「德島一高」的路上、回程的公車亭，還是龍二所到之處，都可見到近藤的身影，近藤每天鍥而不捨地前來勸說龍二加入劍道社。龍二連續拒絕了一週以上。國中參加網球社雖然覺得有趣，但是鄉下高中無論什麼性質的運動社團，基本上就跟都市高中的「強化社團」一樣，大家都有一種迷信，認為遠距通學的學生一旦加入運動社團，幾乎就註定大學會重考了。就統計資料來看，這個說法八成以上是事實。況且劍道社對上高中之後才第一次參加的人來說，肉體負擔過大。劍道社裡的主要選手，多半都居住在德島市內，並且經過小學和國中整整九年以上的練習。要以相同的練習，變得和劍道資歷邁入第十年的他們一樣厲害，需要超乎想像的努力。

只不過近藤學長說服別人的技巧超群，讓龍二感受到一切彷彿命中註定。

龍二的國中同學中，有一個消息靈通的人去了其他高中就讀，他告訴龍二：「有一個大我們一屆的人，從山田國中去讀『德島一高』，他好像是他們那屆最頂尖的喔！」近藤學長聽了之後回答：「他說的是其他人，應該是○○同學吧？」並舉了其他人的名字。那其實是學長「謙虛的謊言」。聽說他剛入學時，排行約四十名左右，但是第一學期就擠進前十名，第二學期升上第三名，第三學期就已經成了全年級第一了。

這麼一來，學長終於消除了他跟龍二之間的隔閡，龍二也點頭答應加入劍道社。學長每週從週一到週六練習六天，並且決定要在劍道社也拿下全屆第一。此外，他每天還從位於吉野里車站以西兩站的川津車站搭火車上下學，單程的距離比龍二還要遠十到十五分鐘。

若是硬要反駁，就只有從川津車站出發，可以在清晨的火車中找得到空位坐這點了。近藤學長從國小、國中到高一，練了十年的劍道，他在國中時取得了二段，因此社團活動對他而言算不上太辛苦。他立志報考東大理一，後來也應屆考上了，而他在高三的十二月，參加了劍道三段的升級考試，同樣也順利通過了。他有著都市升學校學生身上看不見的從容。龍二的志願是東大文一，但是在這個時間點上，他還不知道原來要考取文一比考取理一來得困難。學長看了龍二高中入學的成績，直截了當地對他說：「你一直都名列前茅吧？放心啦！放心啦！」班導也跟陽作學長一樣，認為龍二是全屆數一數二的高材生，只要輕鬆向前跑，就一定能抵達目標，對龍二深信不疑。

「說好聽點，我只是天資『普通』而已，所以從國中開始，只要少讀兩小時，考試的結果就會很慘烈。」龍二甚至說過這種話，不過他似乎覺得只會讀書不夠有男子氣概，於是決定開始接觸劍道。後來上了東大，這位學長又來勸說龍二加入劍道社。

剛開始的一個月，只練習揮竹劍，以及用最快的速度朝空中揮竹劍四百次而已，就讓龍二因為肌肉痠痛而苦不堪言。

從事劍道時，雙腳的腳掌不能平貼地面，必須抬起腳跟，以腳尖站立並衝向對手，因此搭火車上下學途中，龍二也會穿著皮鞋用腳尖站立，不拉吊環，隨著火車行進左右搖擺，左手抱著皇冠字典，右手拿著《從基礎開始學英語》（高梨健吉）；龍二在字典和參考書上都用鋼筆畫上了底線，努力實踐著在火車中解開練習問題的絕招。他認為像自己這樣的凡人，無論如何讀書時間絕對不夠，因此不得已只能出此下策。即使別人以奇異的眼神看他，或者警告他「在車上看書會得亂視」，也別無他法。龍二只能靠自己實踐「你們要為進窄門而奮戰」。

就結果而言，龍二坐在書桌前讀書的時間變少了，並且隨著他念的內容越艱澀，想坐在書桌前念書也變得越加困難。

加上，社會科變成「世界史」和「日本史」兩科需要大量背誦的科目，使龍二在戰略上犯下了失誤。戰略失誤光靠戰術無法克服。不僅如此，社會科的考試，必須練習如何在申論題中寫出具有社會科學性的文章，也就是合乎邏輯與道理的論文，而龍二學習哥哥採用京大型的讀書方式，則成了決定性的失誤。

龍二擅長書寫優美且富含文學性的文章，這代表文藻華麗的他需要有人指導。對於自己資訊分析得不夠周全，也讓龍二日後反省了好幾年。原以為國中時期一度由「醜小鴨」變成了「天鵝」，但沒想到在「德島一高」又逐漸變回「醜小鴨」的模樣，這樣的自我形象開始令龍二痛苦不堪。

（十三）

龍二家在他國三那年夏天，從木造房屋改建成鋼筋水泥建築。二樓南側的房間，就成了龍二的書房兼寢室。只要打開玻璃門，外頭就是鋪上水泥的曬衣場。

晚上讀書時，龍二每讀一個小時就會換一個科目，每次更換科目，龍二便會舉起竹劍揮舞三百次。

劍道的練習，雖然總有旁人揶揄他「爛透了」、「爛透了」，但唯獨氣魄和衝勁，讓大家都對他刮目相看。龍二無論被擊倒幾次，都會爬起身來面對敵人的模樣，令不少人都覺得他絕對不凡。

龍二的劍道屬於徹徹底底的攻擊。為了彌補自己拙劣的技巧，他會使出比對手多三倍的力量發動攻勢。也就是所謂的「亂槍打鳥，總會打中」。他絕不給對手可趁之機。換言之，就是迫使對手只能一面倒地進行防禦。他最常用的攻勢是「手部、手部、面部、面部、面部、拔擊腹部、退擊面部」，或者「手部、面部、面部、刺喉、以身體壓制推出場外」也很常見。場外犯規（出去白線之外）三次也算一本，即一次有效攻擊得分，因此龍二毫不留情地朝對手打出最後一本，接著再用全身力量將對方壓倒在地。經過不斷地鍛鍊身心，龍二感覺到自己的精神漸漸變得比國中時期更加堅強。龍二也學會了看對手的雙眼，解讀對方心思的技術。更重要的是，為了避免變成單純只會攻擊的阿修羅劍，龍二也時刻注意維持不動心和平常心。

比如，在放學回家的蒸汽火車上，四個就讀城星工業的不良少年伸出腳，企圖絆倒走在通道上的龍二，不過龍二立刻變換腳步，輕而易舉地閃躲掉，並且處之泰然地站在車廂中央讀起參考書。雖說如此，平常總是穿著鐵製木屐跑四百公尺操場的龍二，他早就知道就算對方伸出腳想絆倒他，最後會跌倒的還是對方。

不良少年雖然會使用暴力，但是只要感受到對方真正從事過劍道、柔道、空手道這類運動，反而會落荒而逃。即便對方隨意揮舞木棒攻擊，只要龍二手上有一把雨傘，一擊打中對方前臂的話，勝負立刻揭曉。

龍二身上總是帶著一把折疊傘，所以在車站月台等車的空檔，他經常拉長傘柄練習揮劍。他也曾在月台屋頂上有雨水落下時，用傘柄打碎雨滴。有人見狀認為「啊，真是個怪人」，也有人說他「簡直就像宮本武藏一樣」。還有人說：「你在說什麼啊？他可是人稱德島一高『英語之鬼』的鏡川啊！」尤其是龍二在車廂中以雙腳腳尖站立讀書的模樣，令不少人心生畏懼。倒是龍二看得很開，他只說了一句「毀譽褒貶（指貶低或稱讚、世間的風評）是別人的事」。

第一年，龍二順利取得了二級和一級。升上高二後，他參加了升上初段的晉級考試。術科測驗中，考生必須連續和兩名初段挑戰者比賽，由一旁的五名審查員判定是「〇」或「×」。拿下三個以上的「〇」就合格。除此之外，還有實際以木刀演練「形」的測驗。

龍二的第一個對手，是個皮膚白皙、身高約一百七十公分左右的男生。由於他名牌上寫著「桑村」，龍二覺得對方好像是小學時轉學離開的同學，但因為現在長高了，不知道是不是同一個人。比賽場地有兩個賽場，龍二和桑村在其中一個賽場上對打三分鐘。攻擊次數是繫上紅布條的龍二較多。

經過三分鐘後，龍二覺得自己的表現還過得去。他移向賽場的另一邊，對戰下一名挑戰者。對方身形太過龐大。雖然對方還在就讀國三，但卻是在德島市大賽中拿下冠軍的知名人物。身高一百九十四公分，體重約一百公斤。這個人應該從事柔道還比較適合。他以右上段的方式舉劍，給龍二感受到壓迫感。龍二以青眼（中段）的方式舉劍，斟酌兩人之間的距離，沒想到對方突然從上段，朝左右側頭部連續使出兩次面部攻擊。對方的攻擊距離非常長。龍二的頭左右傾斜，避開了攻勢，沒讓對方拿下面部的一本。

接下來輪到龍二了。龍二接連出招，朝手部、面部、腹部發動攻勢，但是面部攻擊被面罩上的護網彈開，沒有碰到。

接著，龍二朝手部、手部、面部、刺喉攻擊。一般情況下，對方應該會退後兩、三步。但是，眼前這名壯漢，儼然就像與大衛對戰的歌利亞，他以竹劍撥開龍二的攻擊後，毫不退縮地站立在賽場中央，把用全身力量壓制的龍二彈了回去。

不，更正確地說，應該是兩人陷入以劍鋒互抵、互不相讓的僵局後，對方以預料之外的奇招發動了反擊。兩人角度正好位於裁判的視線死角，對方右手的強烈肘擊與竹劍劍柄一起，從龍二面罩左下方往上彈起。

如果是拳擊，龍二應該會像「小拳王」一樣，吞下一記上勾拳，在墊子上凌空飛起才對。這種以竹劍劍柄，由下往上挖開對手面罩的對戰方式，幾乎處於犯規的邊緣，但正因為他體型壯碩，近身戰時無法看見。

龍二身子彈飛到空中，「面罩」脫落，他落地後隨即以單膝跪地，握著竹劍撐在地上。因為面罩脫落屬於犯規，龍二被對方取得了一本。龍二心中雖然覺得「哪有人用肘擊的？是他用竹劍劍柄硬拆掉我的『面罩』吧！真不甘心」，但比賽並未繼續。

實際以木劍演練「形」的測驗順利結束。

然而，傍晚發表初段及格者時，黑板上不見龍二的名字。

由於晉級考試辦在週日，龍二拜託班上交情不錯的女生朋友「來加油」，但是她卻沒來。據說是因為她怕打擾到龍二的關係。幸好她並未現身。龍二是第一次落得如此慘不忍睹的窘境。「面罩」被拆掉之後，龍二羞愧得恨不得當場切腹。

高中才加入劍道社的五人之中，其他四個人都晉級到初段了。慘遭歌利亞羞辱的龍二，被迫隔年才拿下初段。實力分明有二段的程度，卻因為初段測驗的關係，導致直到高三的計畫全盤延誤，這樣下去也會波及到升學考。依照原定計畫，本來高三夏天就要升上二段才對。這下到高三那年的十二月都拿不到二段了。龍二心裡開始有點焦急，步調些微混亂了。他不再有國中時期在網球社擔任隊長時那種意氣風發的感覺。不僅如此，面對女性時也漸漸失去了自信。

唯一值得他誇耀的，只有某次晚上八點左右，店裡有個醉漢纏著母親說醉話，要脅她「我以前在妳頭家的公司工作，少領了一份薪水。現在要付酒錢，妳可不可以給我兩、三萬日圓」時，龍二揮舞著竹劍把他趕出家門，營救母親這件事而已。父親得知後莫名地稱讚劍道比哥哥的桌球有用。

（十四）

故事回到高一。龍二在班上本應成為領袖般的存在，但德島市所使用的方言，和吉野里町有些許差異。德島市內的孩子，句尾不會加上「——喏」這個字。其他同學都說：「龍二那傢伙，講話常常『喏』、『喏』個不停『喏』」，讓龍二覺得有點丟臉。龍二那時受到一個從當地七萬國中來的「齋木」同學吸引，她是一個眼睛骨碌碌，頭腦聰明的女生。但由於齋木同學的父親正好是德島一高的國文老師，因此龍二多少有點防備齋木同學。龍二並未直接上過齋木老師的課，但是他曾在家中看過成績優秀學生的排名，赫然發現齋木同學在期中考、期末考，以及實力考試等所有考試中，全都榜上有名，龍二不禁感慨「看樣子實在比不過她啊」。龍二高中三年期間，從不曾掉出成績前百分之五的行列之外，話雖如此，他也無法成為國中時那樣能連續拿下第一名的高材生。

在校內第一次舉行的實力考試中，來自德島縣南部、從國中一年級起就寄宿在市內好就讀附屬中學的赤木同學拿下了第一名。赤木同學的高中入學考成績，龍二應該贏了他十幾分。雖然兩人不同班，但龍二很在意他。龍二心想，附屬中學果然人才濟濟，有個在附屬中學排行第十名的人，上了愛媛的愛光學院後，立刻成了第一名。那個人後來報考東大理三，雖然落榜了，不過還是考上了東京醫科齒科大學。還有一個仁木同學，國三那年轉到德島國中後也成了第一名。有傳聞說他原本就是香川縣的第一名。他似乎是因為東大法學系畢業的父親，從高松調任到德島的法院，所以才會來到這裡。他是個有點冷淡、存在感不高的男生，雖然加入了足球社，但是一到五點鐘人就會默默消失蹤影，有種不可思議的感覺。他和赤木同學一樣也進了東大法學系，但是他討厭有人會打恐嚇電話或是寄騷擾信件給法官的生態，因此大學時並未參加司法考試。或許日本的大公司也對該如何處理這個慵懶厭世的男人而傷神，於是他後來便去了外商工作。理由不外乎就是因為外商可以傍晚五點準時下班回家。

另外，還有一個名叫原敬一郎的男生，就讀市內某國中時成績差強人意，但進入高中後搖身一變，成了一個書呆子，並超乎他那些國中同學的預期，逐漸嶄露頭角，成了仁木同學的敵手。原同學一樣進了東大法學系，他考了很多年的司法考試都落榜，畢業後依舊持續過著重考的生活，但聽說他最後放棄了，在香川縣的一家小商社謀得一份工作。

從附屬中學畢業的，還有一個姓田村的同學。上課時，老師們公然表示「高材生田村的態度很差」，並多次警告他。高三那年，田村和赤木、仁木、原一樣，成了龍二的同班同學。田村是個怪胎，總是將佛洛伊德的性愛論與卡夫卡的妄想文學掛在嘴邊侃侃而談。田村畢業後也進了東大法學系，由於在上通識教育學程時，龍二的平均分數比他高上二十分，因此龍二不時可以感受到一股來自他的殺意，兩人之間的交情並不太好。田村後來進了不知道是供應電力還是瓦斯的大公司工作。

來自德島南部的伊豆同學，父親是縣議會的大老。他似乎常抱著一本厚厚的「世界史」參考書讀到深夜兩、三點，不過後來卻進了東大經濟。像是在對抗田村同學的佛洛伊德一樣，他總是高談闊論著叔本華的《作為意志和表象的世界》。這樣一群人成了龍二高三的同班同學，不過其他班級也有從東大經濟進入政府體系銀行工作、熱愛卡拉馬助夫的男同學，和從東大文學院進入A報社的女生。這些人算得上龍二在文科類組的競爭對手。

以文科類組從德島一高考上東大的學生共有八名，包含理科則有十五名左右。不過，考上國立醫學院的學生有幾十名，因此前面幾名的排行時常處於混戰狀態。

故事回到高一。劍道社有個和龍二同屆，並且在高二那年成為隊長的宮本只三郎，對齋木同學展開了猛烈的追求。宮本也和龍二一樣個子不高，不過他練習劍道的年資超過十年，他運劍的手法極其獨特，且行雲流水。宮本學業成績平平，就連暑假作業的國文題目也不會寫，還得向龍二借來抄答案。宮本建設社長的兒子，上課時也公然表現出一副對女生神魂顛倒的狀態，令齋木同學擔任老師的父親頭疼不已。

班上還有一個身材苗條的美女，名叫清野和代。她畢業於附屬中學，大考前在進藤升學補習班舉行的模擬考中，拿下了第十幾名，龍二清楚知道自己的實力不如她。因為她在以數學為賣點的進藤升學補習班補習，因此龍二也去補了兩個月。補習班的創辦人畢業於京大理學院數學系。創辦人的兒子也擁有相同學歷，在補習班幫忙。這家補習班每次上課時都會發下數Ｉ程度的升學考題講義給學生，進度比學校快一個學期。龍二這時候還認為學會之後再複習比較重要，因此對於分明還沒在學校有系統地學習過選擇某種算法所「代表的意義」，卻要學生隨機寫題目解題的做法，總令龍二覺得無法苟同。

舉例來說，這種做法就像不解釋「所謂的因數分解是什麼意思」，就要學生解出因數分解的升學考題。尤其是補習班的創辦人說話口不擇言，他叫龍二的時候總是不叫名字，老對著龍二大呼「喂，那邊那個無業遊民」，令人生氣。又不是「男人真命苦的寅次郎」，況且抓住「德島一高」的鏡川龍二並稱他為「無業遊民」，又成何體統。他根本不懂語言的正確用法。龍二從一高前的公車站搭乘公車，還有補習班下課回家的路上，有時可以和清野同學一起聊天，直到抵達德島車站才分道揚鑣，這也令龍二非常期待。

由於創辦人多次以「無業遊民」稱呼龍二，龍二於是在六月初離開了這家補習班，決定自己研讀數Ⅰ・數Ⅱ的《紅 CHART》（應用篇）。高二同班的三井同學是靠著《藍 CHART》（基礎篇）考上東大理一的，自學《紅 CHART》或許有些不自量力。學校使用《Original 問題集數Ⅰ・數Ⅱ》和「牛數學教育研究會的題庫」作為輔助教材。期中考和期末考的英語與國文，龍二都考了一百分，數學卻只有九十四分。不過，出乎意料之外的是，龍二在高一、高二的實力考試中，數學平均分數都是最高的；而實力考試約有四成的考題，都是升學考試程度的題目。

清野同學第二學期時，剪掉了原有的長髮，將頭髮燙得又短又捲，使龍二頓時對她失去了興致。她的個子比龍二高一公分，也是讓龍二覺得「我們或許沒有緣分」的原因之一。後來，得知今上天皇花了七年，追求個子比自己高、且以高學歷而知名的雅子皇后並結為連理，讓龍二驚訝不已。

只能說世間的常識，並不適用於身世尊貴的人們。龍二上大學後，又經歷過一次相同的體驗。他總是忍不住喜歡上身材高䠷、聰明慧黠的女性，陷入自我毀滅型的戀愛之中。

只不過清野同學個性突然變得沉悶，其實是因為其他的事。龍二直到四年之後才得知實情。他也因為這件事，在東大多次遭到卡拉馬助夫同學指責。原來在當時發生了一件悲慘的事件，但大家顧慮太多，唯獨沒讓龍二知道。

班導柏崎老師曾對龍二說過「清野的成績一落千丈」，只可惜龍二這個男人太過遲鈍，竟直接照字面上的意思理解這句話。

（十五）

同樣是高一午休時發生的事。幾個女生玩得興高采烈。她們說她們在玩「戀愛占卜」，但龍二仔細一看，發現根本不是什麼戀愛占卜，而是「碟仙」。「碟仙」在日文中又稱為「狐狗狸」，是將狐狸、狗和狸貓合併而成的通稱。玩法是在四方形的紙上畫上鳥居符號，左上側寫上「入口」，右下角寫上「出口」，紙面上寫下四十八個「平假名」和「〇」、「×」、「數字」等等。在正中間的圓圈裡畫好鳥居符號，再放上十元硬幣，三、四個人一起把食指輕輕按在硬幣上，十元硬幣就會開始自行移動。接著發問，硬幣就會按照順序指出文字並停下。只要將指出的字組合起來就是答案，外國也有相同的玩法，在驅魔類型的電影開頭中也有很多這樣的描寫。一般來說，玩碟仙時引來的都是動物靈，但有時也會碰上人的靈體、妖怪、天狗或惡靈跑來的情況。當時很流行玩碟仙，但是大阪曾經發生因為紙上冒出「詛咒」和「去死」之類的靈示，而真的出現從窗戶跳樓輕生的高中女生，在報紙上引起軒然大波。

「這個真的準嗎？」龍二問道，於是她們回答「那麼，我們就請碟仙算出你喜歡的人」並開始玩了起來。第一次，十元硬幣在「齋」和「清」之間來回幾次後，停了下來。只要龍二點頭，接下來應該就會出現名字了，但龍二卻不肯說出「嗯」。碟仙第二次和第三次也都指向「齋」和「清」。只要龍二點頭表示贊同，應該就會出現「齋木」或「清野」吧。龍二暗忖著「不妙」，落荒而逃，心想著「原來還真的知道啊」。

週六下午，井筒同學和龍二照著父親虎造說的做法，留在教室裡玩「碟仙」。

父親教他們的玩法，是用橡皮筋將三根免洗筷綁在一起，把中央那根筷子一端塗成紅色，再將手指輕輕放在筷子下方，免洗筷就會輕敲紙面自行移動，並指出文字。龍二和井筒同學搞錯了玩法。他們以為手上會發出什麼電力或靈力，於是便朝免洗筷注入念力，並緊緊握住三根筷子的交會點。免洗筷一動也不動。這也是理所當然。因為他們倆用盡全力地按住了筷子，以免筷子移動。實驗失敗。之後，他們再用十元硬幣嘗試了幾次，十元硬幣每次都會移動。只要手指完全放開，硬幣就會停下來，但是如果只是稍微拿開一點點，硬幣依舊會移動。只不過，若不小心留意附在硬幣上頭的是何方神聖，很可能就會發生危險。

父親虎造喜歡靈異現象，正好德島一高教書法的風野老師也喜歡神祕學，因此他們倆不時會結伴一起拜訪靈能者或是算命仙。父親以前好像常請對方幫他算算孩子們的升學考試能否及格。他帶回來的答案總是「及格」，只不過真相究竟為何就不得而知了。

哥哥修一報考京大時，父親虎造陪著哥哥一起去了京都。他打算去吉田山的神社許個願再回家，沒想到參拜時背後竟然傳來「他考不上啦」的聲音，虎造立刻轉過身去，同時大聲斥喝：「讓他考上是為了天下國家！」

結果不知道是吉田山的狐狸還是什麼，竟回了一句「抱歉了」。於是，修一以低空飛過的成績，有驚無險地考上了京大文學院哲學系，這段逸事也成了虎造最自豪的當年勇。只可惜，考上京大讓修一自負了起來，迷上小鋼珠而怠慢了學業，因此父親也常說，修一成天拖拖拉拉，得到京大的懶惰病，都是因為吉田山的神明發怒的關係。

ＧＬＡ教團的高橋信次來到德島，在鄉土文化會館舉辦演講會和靈道實驗時，書法老師和虎造也一同前去觀看。參加者只有僅僅五十名，但是父親回家後，對於為何要免費舉辦這樣的活動，百思不得其解。據父親表示，高橋邊說著「第一排的女士，請妳站上講台。妳是當地人嗎？」邊伸出手，那名女子就開始說出靈體的話：「我生活在古代龐貝城，被天上降下的火山灰活埋了。」虎造認為那名女子「應該是暗樁吧？」（實際上是高橋信次的女兒），但他表示「不知道他們為什麼要特意安排暗樁，免費舉辦這樣的表演」。虎造並未入會，而教書法的風野老師後來碰上了車禍，當場死亡。

風野老師看到龍二的毛筆字後曾對他說：「你的書法獨樹一幟，彷彿是希望看過的人，以後都只叫得出你的名字」。

德島一高有個姓古井的古文老師，他是生長之家的信徒。他曾在古典文學的課堂上，對學生說起一種神祕體驗——在鐵鍋中裝滿水，繞行病人房間的四個角落，來到某個位置後，水竟然開始沸騰。古文中關於靈異現象的內容不少，因此這樣的內容對他應該是易如反掌。他一定也很想告訴學生，關於靈異現象的存在吧。但是，龍二幾次前去請教古井老師那些問題該如何解釋，老師卻一次也回答不出來。

高一時，班導教的「生物」，龍二當然也拿下了全年級第一。另一方面，上課時總是滔滔不絕的地理老師，卻記不住任何一個學生的名字。他在第三學期對大家說：「除了鏡川龍二以外，你們的名字，我一個也記不住。」龍二的「地理」成績也是全年級第一。由於可用來讀書的時間不夠，如果在報考東大時，選擇高一就結束的「地理」應試，負擔應該會少很多吧？但是，龍二報考時，卻偏偏選擇了「高一」、「高二」都要上的「世界史」，和「高三」才開始，但只教到江戶時代課程就結束的「日本史」。他會這麼做，是因為覺得歷史上了三年，如果不選歷史，等於白白浪費了時間。

「現代國文」的森本老師每天早上都會從鴨山站上車。他只要和龍二對上眼，就會對龍二說：「你為何能在現代國文拿下滿分？照理說是不可能的啊。」在現代國文中拿下一百分的，的確只有鏡川龍二一個人。

哥哥之前參加過「Orion 出版社」主辦的投稿活動，讀者可以將自己的答案寄去給專家批改，因此龍二也決定嘗試看看，結果連續六次在國文的項目中拿下冠軍。龍二的筆名是「神壁！」，意思是「如果有辦法超越我的話，盡管放馬過來」。

小學時，學校有個姓大麻的女老師，她不曾直接教過龍二，但是老師的女兒跟龍二同屆不同班。

大麻同學看見龍二在高二時換班，換到「理科類組特別選拔課程」後，開始放出鏡川龍二好像要報考「東大理三」的流言。龍二分明用了筆名，但不斷放出傳聞說龍二連續好幾次在 Orion 活動中取得冠軍的人也是她。高中畢業後，她考取了京大藥學院。

高三學生和重考生每年都會參加三次「高教組模擬考」（高中教職員組織模擬考的簡稱），而高二學生也能以國英數三個科目參加，龍二考了三次，國文都在兩萬數千人中取得了前十名的成績。龍二第一學期和第二學期的成績，都贏過年長一屆的近藤學長（高三的榜首）。劍道社的近藤學長，寒假期間念完了整本名叫《新釋現代文》的參考書。第三學期時，龍二在火車上聽見學長告訴他：「我這次考贏你了吧？我考一百六十分，我才是國文的榜首。」龍二回答：「我輸了。我只拿到一百五十八分，是第二名。」

龍二早上從二軒屋車站步行到學校的路上，常和教數學的「矮原木」（綽號）老師同行。老師經常詢問龍二自己的數學題目出得好不好？順便還會稱讚個幾句，好比：「高二學生參加『高教組模擬考』還能擠進一百名之內的，全縣不到十個人，不過你三次都考進了前一百名呢！」、「我之前那間學校，在高達兩萬數千名考生之中，名字可以登上資優生排行榜的高二學生，一個也沒有。你真的是個高材生呢！依你的成績，應該高二就能考上德大醫學系了。」但是就算得到矮原木的讚美，龍二也高興不起來。

雖然龍二的國文成績好到可以拉高整體分數，不過有時候，他也能靠英語贏過高三的學生。

學校方面，分別在高一以「英語文法」、高二以「英文範例解析」、高三以「英文作文」為中心，來安排英語的學習進度。英文作文可以自由發揮，這也讓龍二感到迷惘。他也參加過Z會舉辦的英語投稿活動，將自己的答案寄去給專家批改，但是二十多頁的讀本，還要將冗長的英文文章翻譯成日文，實在太耗費時間，可以說效率極差。

高三的暑假，就讀京大四年級的哥哥返家。他說要露一手給龍二瞧瞧，如何解讀Z會出版的升學考試英語題庫中，內容多到直接佔據正反兩面的閱讀測驗，於是某一天，他便熬夜寫了一篇模範解答。哥哥寫出來的文章，如專業譯文般無懈可擊。龍二也表示認同，告訴他：「這樣的內容，說不定可以拿滿分。」兩週後，龍二收到寄回來的答案，在參加的六千八百人當中，排行第六千六百名左右。龍二從未拿過這種接近墊底的成績。哥哥那些如同譯文般的優美句子，幾乎零分。

這使龍二對京大生的學力信仰頓時歸零。但是，哥哥也只有這麼一次教過龍二如何準備升學考試，龍二很感謝有過這麼一段令人懷念的回憶。哥哥後來事業失敗，年僅四十一歲就離開了人世，也令龍二不禁感慨人生無常。

不僅如此，龍二也明白了升學考試可以為將來的事務性工作打下基礎，但是關於人生真正的成功，升學考試沒有教會他任何事。

（十六）

關於高二發生的事，我描述得還不夠多。龍二在高二時轉到理科類組的班上，是因為文科類組有很多只想考上私立大學文組科系的女學生。轉到理科類組後，一班五十名學生當中，女生就只剩下七、八個人，氣氛也變得輕鬆自在多了。這麼寫的話，邏輯上感覺龍二會是一個在女生之間很吃得開的萬人迷，但其實他儼然是木頭人（在此是指不懂女人心的意思）代表，根本不懂女生。

他為了逃離女同學們，不得不背負著必須上「數III C」課和解開困難的物理題目等不利條件。龍二明明打算報考國立大學的文組科系，明明在理科類組的「生物」、「地科」和「化學」也都拿下了全年級第一，卻還得繼續研讀物理；換成現在，我可能會勸告龍二：「沒必要連物理也念吧？」

自從在高一校慶上男扮女裝主演《灰姑娘》之後，以話劇社為中心，出現了幾個「追著龍二跑」的女學生。龍二心中認為「我對女生的胸部和性器官，一點也不感興趣。我現在只想像蘇格拉底、柏拉圖與康德般，走自己的路。我想和求道者一樣進入『窄門』！」只可惜龍二的心願收不到任何效果。

因此，高二的校慶上，龍二聽從周遭朋友的推薦，選擇了木下順二的戲曲《仁王》，演出宛如野人般的主角，他一身蓬頭垢面的造型，將家裡花瓶下面的布墊改造成相撲選手圍在腰間裝飾的前垂，腳踏高高的木屐，並以粗繩將鹿皮繫在身上。他以為這麼一來，女生會嫌棄他「看起來好髒！」而離他遠去，沒想到話劇社的女生，竟開始以兩倍的人數追著龍二跑。

「妳們就那麼想害我重考嗎？我每週有六天要參加劍道社的練習，如果晚上還得加入話劇社，我的人生就玩完了。我討厭女生。我一聞到女生身上的香水味，就會引發過敏而死。我老爸也說，只要接到一通女生打來的電話或來信，就要我高中畢業後就去工作，而且只能去讀夜校。拜託妳們饒了我吧！」

龍二非常希望那些女生可以理解，自己就像鴨子在水中拚命地用蹼划著池水一樣，問題是他外在看起來仍舊是一副相當游刃有餘的模樣。

令他困擾的是，就連德島市內其他學校的劍道社成員，也都高高揭起「打敗鏡川龍二」的標語。不僅是在劍道的比賽上，就連升學考試，龍二也被視為眾人最想打敗的目標。原因出在於吉野里國中的同學因為自己不會念書，就到處煽風點火說：「鏡川龍二很厲害喔！」碰巧學研和進研的模擬考兩次成績都不太理想，也讓龍二鬆了一口氣。

學研主辦的高二模擬考約有三萬人應試，成績最優秀的全國前十名之中，有八人來自「德島一高」。其他縣市只有兩個學生分別擠進了第七和第八名。從他們的名字來看，是平常總敗給龍二的那群人，而龍二因為某些原因犯了失誤，只拿到第二十六名，這也是他自我成績紀錄中排行倒數第二的名次。這麼一來，就不能稱之為高材生了。而進研舉辦的模擬考中，他在考理科時忘了寫名字，只拿到其他四個科目的成績，被分類到國立文科的組別，成了全國第四十四名。他以為這麼一來就不那麼引人注目了，頓時放心不少。

龍二仔細審視自己的內心，深深反省自己分明沒有實力，卻過分追求名譽及他人的評價。有次，龍二恰好在火車上找到空位坐下，將計算紙放在腿上解著〈數II原創問題集〉的題目，沒想到近藤陽作學長站著反向閱讀題目，還能輕而易舉地隨口說出正確答案。龍二明白自己沒有學長的聰明機靈，天資也差強人意。

高二變成同班同學的三井，也只是在春假期間把整本《數II B》課本內容全抄寫在筆記本上，並解開所有題目而已，就從原本排行一百多名，進步到四十名以內；後來也只靠著研讀《藍CHART》基礎篇，就躋身夢寐以求的前十名。龍二不禁懷疑自己只是什麼都會，但什麼都不專精罷了，其實眼中根本看不見從基礎通往應用的明確步驟。

他做了六次《從基礎開始的英文範例解析》後便決定放棄，轉而研讀英文報紙、天聲人語的英翻日和日翻英、《新聞週刊（*Newsweek*）》，以及

《時代雜誌（*TIME*）》。卻導致他升學考的學力程度一落千丈。赤木同學並沒有這麼做，他只反覆讀了十次《從基礎開始的英文範例解析》，結果就拿下了滿分兩百分，還比龍二多了二十一分。龍二覺得自己疏忽了基礎和單純復習的工夫，雖說報考東大文一、京大醫和阪大醫都擠進了及格線，但自己也不過是個可笑的小丑罷了。

高二的夏天，龍二寫了一篇短篇小說獻給田原知世同學，想跟她做個朋友；龍二之所以這麼做，也許是出於俗世的欲望罷了。她後來考上了德島大醫和自治醫科大。如果平均分數沒超過九十五分，無論期中考還是期末考都無法從她手中奪回第一名的寶座，龍二認為這代表著他對自己還不夠嚴格。

什麼都會的龍二缺乏嚴格篩選目標的能力、果斷的決策，以及擬定戰略並執行的理性。他自知自己的「出發點始於平凡」，但只怕不知不覺中，心裡產生了傲慢吧。

這麼說來，近藤學長曾在火車上看見龍二正在閱讀世界史筆記的場景，因此說龍二一定可以考上東大文科。但那是哥哥在報考京大時所採用的方法，想考上東大，應該需要詳讀五百頁左右的社會科參考書，並採取更多對策來應付申論題才對。

龍二從自己個性的弱點和戰略著眼點的不足，看見了笨蛋的本質，以及無法超越的愚昧。他知道自己既非武藏、小次郎那樣的劍道天才，也跟走在成功之路上的天才型高材生有著決定性的差異。

現在，龍二感覺自己彷彿撞上了一堵牆。東京的國高中直升式學校，以及一些超級升學補習班，應該已經開發出能完美應付升學考試的竅門；而龍二的弱點恐怕就是得不到那些竅門。鄉下的高材生經常以為只要天資聰穎，或是在校成績優秀，就能考上理想的學校，但事實上卻存在著一堵單靠上述這種單純信仰超越不了的「高牆」。能夠仰賴的人只有自己一人。問題就在於該如何定義自己。

窄門變得越來越狹窄了。

（十七）

總之，對於自己停滯不前的狀態，龍二也逐漸無法釐清自己究竟飄盪在宇宙空間的哪一帶了。

龍二的劍道有了些許進步，近藤學長點出龍二的習慣：「鏡川，你向上揮竹劍的速度，比向下揮的速度快吧？」仔細想想，學長說得沒錯。龍二因為過分執著使出連續攻擊，以及用對手攻擊次數的三倍展開反擊，所以心中根本忘了要準備如何讓對手「一刀斃命」。比起直接攻擊面部拿下一本，龍二更常在進攻的同時思考下一步該如何退擊面部。明明只要一次退擊腹部就能壓制對方，龍二卻總是立刻就想到下一次的退擊腹部該如何是好。若是薩摩的示現流，或許還能容許這樣程度多餘的攻擊，然而若是換成北辰一刀流，目標是面部就攻擊面部，目標是手部就攻擊手部，而想用退擊腹部的話就使出退擊腹部，應該只要一次攻擊就能定出勝負。在發動攻勢之前，龍二應該會以青眼的方式舉劍，保持他與對手之間的距離，專心一意地觀察以看破對方的可趁之機。

劍道與準備升學考試相同，使用的技巧種類越多，反而，「一本」就定勝負的成功率就越低。再者，胡亂出劍，常會造成自以為使出了退擊腹部，實際上卻擊中了對手的側身，或是導致竹劍前端彎曲，發生擊中對手背後的情況發生。有一次，還曾因為使出刺喉的瞬間，對方突然往後跳開，導致竹劍直接戳破對方日式袴裙的胯下部位。龍二「咯咯咯咯咯」地高聲大笑，並說道：「男生的話，這樣更方便小便吧！」但是站在對方的立場，萬一差一點擊中不對的地方，很可能會痛到打滾，甚至昏過去。

漸漸地，大家都開始流傳跟龍二比賽的話，就會被打得遍體鱗傷的傳聞和謠言（也不完全是空穴來風）。當龍二以上段或下段方式舉劍，接著使出非正規的技術時，大一屆的三年級女隊長忍不住怒火中燒。並警告他：「你給我認真一點！」

即使這樣的龍二，在「隊長」選舉時也獲得了票數。不過，最後當然還是由國小、國中到現在，練習劍道超過十年的「宮本」，名正言順地當選為隊長。他早在國中時就已經取得二段。他的攻擊不如龍二激烈，但他的劍技唯美，宛如行雲流水般的自然流暢。而且，技術精湛絕倫。同學不禁感嘆：「喜歡的女生跟隊長的身分都被他搶走了呀。」但這也無可奈何。

德島縣的劍道聯盟可謂尸位素餐，每年只進行一或兩次審查，一旦不及格，就得等到一年之後才能再次參加晉級考試。由於受到「面罩」被巨人「歌利亞」脫掉的屈辱，龍二只能等到高三暑假再參加晉級考試，讓他原定的計畫大亂。龍二由衷希望乾脆一次就把「初段」、「二段」、「三段」審查完畢算了。龍二的日本刀拔刀術快狠準，就連來學校教導劍道、擁有範士七段的老師也給了龍二「如果是『居合道』，應該能上看三段」的評價。甚至足以和《神劍闖江湖》的佐藤健（緋村劍心）以拔刀術來一較高下。

就這樣，龍二在最糟糕的情況下，也就是準備考大學那年的夏天，再次參加了晉級考試。兩場比賽都把對手打得落花流水。對手甚至連龍二的面部、手部和腹部都碰不到。其中一個人扛著竹劍跨越白線逃出場外。龍二還聽到對方抱怨「喂，這傢伙竟然是初段？」的聲音。在一分鐘之內挨打三十幾次，最後就連竹劍也抵擋不住攻擊。還能看見竹子的碎片，從對方竹劍劍尖噴飛出來的畫面。換成拳擊的話，等同於拋出毛巾「ＫＯ」的比賽。

龍二這次游刃有餘地通過了考試。

但是，隸屬附近城光高中劍道社、發出豪語要「打敗鏡川龍二！」的今西同學，跟龍二一樣上高中之後才開始練劍道，卻已經在這次審查會中升上二段了。他考高中時，成績擠不進前百分之十，因此無法進入「德島一高」就讀，不過他後來卻應屆考上了東大文一，這樣的情況在一高之外非常罕見。今西那傢伙就像佐佐木小次郎一樣。龍二明白上大學之後，總有一天要和今西分出勝負。當初稱呼龍二為「一高的『英語之鬼』」的人就是今西。總是被女生壓著，拿不到城光高中全屆第一的人，竟然能考上東大，真是跌破龍二的眼鏡。

龍二真的覺得自己幾乎快變成了鬼。曾經學過的教義——釋迦牟尼的中道，究竟跑哪去了？覺悟之道，不就是「與自己的對戰」嗎？龍二每晚都在自家那片稱為「屋頂」的曬衣場上，邊抬起頭來仰望星空，邊練習揮舞木劍。不可讓心中充滿「阿修羅」般的波動。必須保持「平常心」和「平靜心」。

校方建議從外地各郡搭車上學的學生，升上了高三後，住在學校後方的宿舍一年比較好。學校的官方見解認為，遠距通勤上下學的學生幾乎都得重考，而住在學校後方宿舍的學生才能應屆考取大學。龍二進入吉野里國中時，被稱為「頭腦跟電腦一樣」的國三男生榜首就是搭火車上下學，他的確重考過一年，後來進了德大醫學院。而國二第一名的女生，高三時選擇住在學校，後來應屆考上德大醫學院，兩人成了同學。

但是，龍二身邊就有像近藤學長這樣，高三那年的十二月取得劍道三段，每天依舊搭乘火車上下學，卻還是直接考取了東大理一的例子。近藤學長在駿台舉辦的公開模擬考中，也考進了理科類組的全國前一百名，通過錄取「理三」的及格線。若是能早點看透天資的差異就好了。因為有近藤學長的存在，所以龍二找不到藉口。此外，這時的鏡川家，家計陷入困難。高三時，母親因為子宮肌瘤住院，接受了子宮切除手術。理容院的客人減少，最後母親在龍二上大學後不久，就結束了營業。對龍二而言，高三寄宿學校的費用太過昂貴。

妹妹直子已經放棄想去外縣市就讀大學的念頭。而哥哥聲稱「跑去找工作的人，在京大會被當成笨蛋」，結果像個高級遊民似地混到大七，才打算去報考研究所。

如果要就近監視哥哥，龍二也可以報考京大醫學院。京大的升學考試題目簡單，及格率高達八成。即便是醫學院，題目一樣簡單，也只是及格線稍微高了點罷了。若是龍二去應試，有九成把握能夠輕鬆跨越及格線。

另一方面，在還沒有中心測驗和聯合招生測驗的年代，東大每年只獨立舉行一次考試，及格分數大約落在總分的六成，考試辦在三月三日，並於三月八日發表結果。東大的複試為申論題型，作答起來相當困難，據說及格成績約是總分五成。文一得在四百四十分中拿下兩百二十分左右才能及格，龍二做過赤本出版的考古題，範圍囊括過去五年的題目，成績都在兩百四十分上下，所以他如果參加過去五年的考試，應該都及格了。

看來只要不犯下什麼大失誤就能及格。初試範圍包含國英數理和社會，總共五教科七科目，八十分之中只要拿到四十八分以上就能及格，「德島一高」以往從未出現過初試就落榜的學生。不過這也是理所當然，畢竟只有名列前茅的學生才會報考東大。

大龍二一屆的學長姊之中，應屆考上東大文一的人有兩個。龍二在學校五次模擬考中的平均成績和排名，都比他們優秀多了。龍二考試當天投宿在澀谷的櫻丘飯店，在駒場考了東大的初試。近藤學長還以飯店名稱為線索，特地找上門來探視龍二。龍二游刃有餘地通過了初試。三月九日、十日舉辦複試，數學滿分八十分、英語和國文各一百二十分，社會兩科目各六十分，總計四百四十分。考試結果將於三月二十日發表。

（十八）

有時，人生會給予一個人嚴苛的考驗。龍二高二時參加修學旅行去了東京。在澀谷時，班級解散，給大家一個小時左右的自由活動時間，但一個小時過後，龍二卻找不到班上的同學。他不知道澀谷車站和鄉下不同，有分東西南北幾個出口，因此想約在「澀谷車站」集合是不可能的事。如果約在「忠犬八公」銅像前面會合，就一定不會搞錯，但是龍二他們連「忠犬八公」的銅像在哪裡也毫無頭緒。龍二在車站東西南北繞了一圈，卻沒遇上半個人。無可奈何之下，只好決定查看地下鐵的地圖，先行前往下一個觀光地點淺草。龍二第一次搭乘銀座線，再轉搭淺草線。他到了淺草車站出口後，頓時不知所措，幸好碰巧看見三個身穿黑色立領制服的男生背影。其中一個人是劍道社的隊友庄野同學，龍二不可能看錯。另外兩個應該是牛島同學和齋藤同學吧。

四人會合後鬆了一口氣，直呼「太好了」。他們也在澀谷車站找龍二找了很久，最後還是等不到，也才剛抵達淺草而已。後來庄野同學接受《HAPPY SCIENCE》月刊採訪時回答道：「即使我們在澀谷車站迷了路，給鏡川同學造成很多麻煩，他也還是笑容滿面，沒發脾氣，真是一個心胸寬大的人。」其實迷路的人是路癡龍二，身為小隊長卻給大家添了麻煩，反倒是庄野他們心胸寬大地原諒了龍二，並且還因為在淺草重逢感到開心。人生路上最值得擁有的就是朋友，尤其人品高尚的朋友，更是人生瑰寶。

而今，龍二在孤獨中，想起了當年在澀谷車站迷路的自己。無藥可救的

「路癡」，難道不正是龍二本質上的性格傾向嗎？

東大的初試，龍二通過兩倍多的競爭率，抵達位於本鄉東大正門前的「雙葉旅館」準備參加複試。當年，父親虎造為了哥哥京大的入學考試，特地請假陪哥哥去京都赴試，導致上司和同事對他說了不少難聽的話。父親認為自己即使向縣政府請假，也不會被扣薪水，但是如果母親休息，現金收入就會減少。不過大家都表示，一般去陪考的應該是母親才對。於是，到了龍二考大學時，就只剩下龍二獨自前去應考。只不過，日式旅館表示旅客必須有兩人才能入住，因此龍二告訴旅館，伯父晚點會來跟他一起投宿，才成功地單獨住進了旅館。到了晚上八點，伯父還沒出現，旅館便來撤下沒有人吃的餐點和龍二那份晚餐。女服務生邊說著「你伯父怎麼還沒來？」邊收拾餐桌，並鋪上兩套棉被。龍二對撒謊深惡痛絕。他覺得聽見對方說了「你伯父真慢呢」這句話，臉不紅氣不喘地回答「對啊」的自己可恥至極。

龍二塞在旅行袋裡帶來的參考書，搞不好有三十公斤。畢竟這是一個還沒有宅配的時代。初試和複試需要的參考書加起來，總共有五教科七科目，數量相當驚人。龍二打開檯燈，快速翻閱參考書。他這三年來相當用功。但是，上了三年級之後，卻在學習英文的路上迷失了。況且那時候，關於考試用的英語和實用英語哪邊比較重要，專家還爭論不休，使得龍二自己也百思不得其解。

國文到了三年級，上課時間遭到大幅縮減，只能靠高二時留下的基礎勉強應試。至於數學，龍二對自己高二、高三連續兩年上了「數IIIC」的愚蠢行為，感到不可置信。的確，即使高三時換到「國立文科類組課程」，數III每週也還是有四堂課。但是，那是為了要報考經濟學院的人，在學習「近代經濟學」時會需要數學的知識，所以才排進課程裡面；對其他文科類組的考試，根本不需要。大家上課時不是在讀其他科目的書，就是在裝睡。像龍二這樣將所剩不多的讀書時間，浪費在無用之處上頭的人少之又少。理科和社會科也一樣，報考時認為自己還能再雨露均霑地負擔理科的物理、化學、生物三科目，以及社會的日本史、世界史、地理三科目，實在愚蠢到了極點。

有一些學生早在高二就將目標鎖定在早稻田大學和慶應大學，升學考試也只準備國英數三科，但是他們都是容許自己在一高的成績，只要拿到排行兩百多名到三百多名就滿意的人。如果只是想從德島一高考上早稻田或慶應等私立大學的文科或理科類組，那麼只要有能夠考取德島大學工學院的成績就足夠。從升學考試要準備五教科七科目的龍二看來，那些人的負擔可說是不可思議地輕鬆。據說，從灘高中來就讀東大文一的人當中，也有只在大阪到東京的新幹線上，簡單看了「生物」的重點整理，就來應試的人。初試的及格標準要總分六成，因此只要英數的得分夠高，其他的選擇科目就算零分也能及格。但是，要敢做出如此破釜沉舟的決定，想必需要相當大的勇氣，而且也要考量到考試時有犯下重大失誤的可能性。

不過話說回來，以東大文科類組應試考生的立場來看，龍二的世界史和日本史實在準備得不夠充分。報考理科類組的話應該還沒問題，但是龍二太小看文科類組社會科考題的難度了。除了學校教的內容之外，應該更早開始深入研讀世界史和日本史才對。既然校方把主要目標放在大量培養出考上德大醫學院的學生，那麼龍二就該趁早針對東大文科類組的範圍改變讀書計畫才對。Z會主辦的通信投稿活動，也像現在一樣，沒有理科和社會科內容。只有駿台模擬考的評分標準不同於其他模擬考，但至於哪裡不同，誰也不肯透露。只有駿台模擬考和其他模擬考不一樣，就連德島一高那群文科高材生報考，也只能拿到五百至一千名左右，大家都苦惱不已。

龍二接連兩天都在本鄉參加東大的複試。直到考試開始前不久為止，都還在下著雪，因此讓龍二想起了四年前哥哥參加京大入學考試時的往事，哥哥說他帶著「白金懷爐」去應考，所以才能抵擋住教室裡的寒意，倒是坐在後面的考生，說不定正是因為懷爐的揮發油氣味才不幸落榜。

龍二請「雙葉旅館」幫忙做了簡單的午餐，便當裡裝著小黃瓜壽司捲和葫蘆干壽司捲，然後穿上母親親手用粗毛線編織的毛衣，再套上藏青色的夾克，並在肚子上圍了一圈保暖的肚圍。肚圍後方則放進之前提過的「白金懷爐」。但是，東大本鄉校區並不如京大那麼寒冷。龍二反倒因為蒸汽式的暖爐熱得大汗淋漓。龍二不敢脫掉母親親手編織的厚毛衣。因為毛衣底下只穿了一件內衣和肚圍，只怕脫了之後，會真的變成「男人真命苦的寅次郎」。

英語跟往年一樣，是包含閱讀測驗的綜合題型，以及用日文寫出英語文章的概要、語序排列組合問題、日譯英，再加上人生第一次的聽力測驗。當時不像現在一樣，沒有個人用的機器，因此有一個像是教授的人站在講台上，拿著一台機器，用卡帶播放聽力測驗的題目。這樣的方式，隨著場地不同，可能會有某些有利或不利的狀況發生。數學則在四題中解出三題半。不知道會不會因為說明只寫到一半而被扣分。

國文在之前做考古題時，一次也沒寫錯的漢字小題中錯了兩題，讓龍二深受打擊。令他感到不快。

社會科的考試，龍二認為日本史考得不好不壞，至於世界史，龍二一直懷疑自己說不定犯下了重大的失誤。東大的申論題答案卷是雙面印刷，分成

A面和B面。滿分六十分，三題都是中論題，答案卷上只有格子。從龍二應考後的第二年起，考生可以在東大模擬考中練習，試寫雙面印刷的答案卷，但是此時，是龍二的第一次經驗。他交卷後心中湧上疑慮，擔心自己說不定寫反了，但是他認為只要閱讀作答內容，就能看出那是哪一題的解答，所以龍二決定放寬心別想太多。只不過，萬一真的寫反了，六十分之中會確實地丟失四十分。

東大新聞報上，刊出了解答速報。就算再怎麼嚴格計分，也能低空飛過兩百二十分的門檻。寫考古題時，只要數學解開兩題半就能及格。比起擔憂「社會」的結果，反倒是數學能在四題中解出三題半，讓龍二有種成就感。果然對文科類組的人而言，數學就像鬼門關，因此龍二認為及格與否，全端看數學有沒有辦法最少解開兩題半。

根據東大新聞報，這一年「文一」的最低及格分數是兩百二十分，「文二」兩百一十三分，「文三」兩百一十一分，「理一」要兩百一十分。依此推測，「理二」應該要兩百零五分左右，而「理三」則要將近兩百七十分。

經過十天的提心吊膽。

三名「德島一高」的畢業生，聚集在哥哥京都的下榻處，準備三月二十日的慶功宴。修一找來了現在就讀京大工學院和經濟學院的朋友，也從東京叫來了四年前一高的榜首，就是後來從東大理一轉讀宇宙工程學系的同學。修一心情極度樂觀地表示：「沒有人可以考到我弟那麼好的成績還落榜的。」

去東京出差的父親虎造，從本鄉郵局發了一封內容寫著「明日回家父」的電報給吉野里郵局。郵局員工和附近鄰居，還有鎮上的親戚、母親和龍二，都不明白那封電報真正的涵義。「明日回家　父」、「明日回家父」……「唔嗯，看來是及格了」，也有人這麼解讀。

為了參加複試，而無法出席畢業典禮的龍二心想，自己終於也從高中畢業了。他「手邊」收到了「德島一高」寄來的「優等獎」。

作者後記（改訂版）

鏡川龍二系列原本預計發行第一集《嫩竹的時代》、第二集《幼竹的時代》，加上第三集《青竹的時代》，以三部曲的形式畫下句點。

但由於構想愈發龐大，於是決定將本系列擴充為五部曲，分別是第三集《永遠的京都》、第四集《通往內心的道路》，和第五集《遙遠的異鄉人》。不僅是孩提時代，我決定在第三集針對大學入學考時期、在第四集針對東大駒場時期，以及在第五集「東大本鄉時期」進行更加詳細的描述。

有越來越多讀者成為鏡川龍二的粉絲，身為作者的我也深感高興。

二〇二三年十月十四日（取代原本七月二十六日的後記）

幸福科學集團創立者兼總裁　大川隆法

小說　嫩竹的時代

定價360元

那時，還沒能看見未來。

「努力」一詞銘記於心，
只是朝著天空，
不斷地成長……。

鄉下的平凡少年成長為
一個有著無限可能性之人的心路歷程。

這是少年鏡川龍二的成長故事。是尚未完全長大成年的人們，一心祈禱著「希望自己盡快成長為竹子」，同時又必須長出一個又一個「竹節」，才得以成為大人的時期。……

HAPPY SCIENCE

幸福科學集團介紹

幸福科學透過宗教、教育、政治、出版等活動，以實現地球烏托邦為目標。

幸福科學

一九八六年立宗。信仰的對象為地球靈團至高神「愛爾康大靈」。幸福科學信徒廣布於全世界一百六十九個國家以上，為實現「拯救全人類」之尊貴使命，實踐著「愛」、「覺悟」、「建設烏托邦」之教義，奮力傳道。

（二〇二四年一月）

愛

幸福科學所稱之「愛」是指「施愛」。這與佛教的慈悲、佈施的精神相同。信眾透過傳遞佛法真理，為了讓更多的人們能度過幸福人生，努力推動著各種傳道活動。

覺悟

所謂「覺悟」，即是知道自己是佛子。藉由學習佛法真理、精神統一、磨練己心，在獲得智慧解決煩惱的同時，以達到天使、菩薩的境界為目標，齊備能拯救更多人們的力量。

建設烏托邦

我們人類帶著於世間建設理想世界之尊貴使命，而轉生於世間。為了止惡揚善，信眾積極參與著各種弘法活動。

入會介紹

幸福科學相信以慈悲之力守護世間所有人的地球神愛爾康大靈，並為每個人的幸福與世界烏托邦化遂行活動。您要不要一同學習心之法則、佛法真理呢？您可以選擇「入會」或是「三皈依誓願」。

三皈依誓願

想要正式走上信仰之路之人，
請參加皈依佛、法、僧三寶的「三皈依誓願儀式」。

領受的經文

《佛說・正心法語》

由大川隆法總裁先生的分身 - 佛陀・釋尊的意識所降下的內容，由七篇經文所構成的根本經典。與《般若心經》、《法華經》等後世弟子所編纂的經文不同，由於是佛陀直接講述的經文，所以蘊含強力的光明能量。

《祈願文①②》

從「向主的祈禱」、「向守護・指導靈的祈禱」開始，還包括了疾病痊癒、擊退惡靈、結婚、成功等祈禱，收錄了在信仰中步上幸福人生的十八篇祈禱文。

《向愛爾康大靈的祈禱》

以「認識到引導全人類變得幸福的主的存在」，以及「確認信仰者的使命」的「向愛爾康大靈的祈禱」為開始，為了讓人們能夠傳遞信仰的喜悅給其他人們，收錄了三篇誓願精進的經文。

入會

只要是相信主愛爾康大靈之人，就能成為「幸福科學」的會員。

領受的經文

入會版《正心法語》

從這本經文開始度過每天的信仰生活吧。收錄了「真理之詞『正心法語』」、「向主的祈禱」以及「向守護・指導靈的祈禱」，屬於一本適合入會者的經文。

幸福科學於各地支部、據點每週皆舉行各種法話學習會、佛法真理講座、經典讀書會等活動，歡迎各地朋友前來參加，亦歡迎前來心靈諮詢。

台北支部精舍
台北市松山區敦化北路
155 巷 89 號
02-2719-9377

台中支部精舍
台中市中區民族路 146 號
04-2223-3777

幸福科學台灣代表處

台北市松山區敦化北路 155 巷 89 號
02-2719-9377
taiwan@happy-science.org
FB：幸福科學台灣

幸福科學馬來西亞代表處

No 22A, Block 2, Jalil Link Jalan Jalil Jaya 2, Bukit Jalil 57000, Kuala Lumpur, Malaysia
+60-3-8998-7877
malaysia@happy-science.org
FB：Happy Science Malaysia

幸福科學新加坡代表處

434 Race Course Road #01-01 Singapore 218680
+65-6837-0777
singapore@happy-science.org
FB：Happy Science Singapore

小說　幼竹的時代

小説　若竹の時代

作　　者／大川隆法

出版發行／台灣幸福科學出版有限公司、幸福の科学出版株式会社
105-407 台北市松山區南京東路四段 50 號 11 樓
電話／ 02-2586-3390　傳真／ 02-2595-4250
信箱／ info@irhpress.tw
法律顧問／第一法律事務所　余淑杏律師

總 經 銷／旭昇圖書有限公司
235-026 新北市中和區中山路二段 352 號 2 樓
電話／ 02-2245-1480　傳真／ 02-2245-1479

幸福科學華語圈各國聯絡處／
台　　灣　taiwan@happy-science.org
地址：台北市松山區敦化北路 155 巷 89 號（台灣代表處）
電話：02-2719-9377
FB 粉絲頁：幸福科學－台灣
新 加 坡　singapore@happy-science.org
馬來西亞　malaysia@happy-science.org
泰　　國　bangkok@happy-science.org
澳　　洲　sydney@happy-science.org

書　　號／978-626-7302-04-0
初　　版／2024 年 1 月
定　　價／360 元

國家圖書館出版品預行編目（CIP）資料

小說 幼竹的時代／大川隆法作. -- 初版.
-- 臺北市：台灣幸福科學出版有限公司，
2024.01
　160 面；14.8×21 公分
譯自：小説　若竹の時代
ISBN 978-626-7302-04-0（平裝）

861.57　　112007164

廣告回信	
台北郵局登記證	
台北廣字第5433號	
平信	

IRH Press Taiwan Co., Ltd.
台灣幸福科學出版有限公司

105-407 台北市松山區南京東路四段50號11樓
台灣幸福科學出版　編輯部　收

請沿此線撕下對折後寄回或傳真，謝謝您寶貴的意見！

大川隆法
Ryuho Okawa

小說

幼竹的時代

台灣幸福科學出版有限公司

小說 幼竹的時代
讀者專用回函

非常感謝您購買《小說 幼竹的時代》一書，
敬請回答下列問題，我們將不定期舉辦抽獎，
中獎者將致贈本公司出版的書籍刊物等禮物！

讀者個人資料 ※本個資僅供公司內部讀者資料建檔使用，敬請放心。

1. 姓名： 性別：□男 □女
2. 出生年月日：西元 年 月 日
3. 聯絡電話：
4. 電子信箱：
5. 通訊地址：□□□-□□
6. 學歷：□國小 □國中 □高中／職 □五專 □二／四技 □大學 □研究所 □其他
7. 職業：□學生 □軍 □公 □教 □工 □商 □自由業□資訊 □服務 □傳播 □出版 □金融 □其他
8. 您所購書的地點及店名：
9. 是否願意收到新書資訊：□願意 □不願意

購書資訊：

1. 您從何處得知本書的訊息：（可複選）□網路書店 □逛書局時看到新書 □雜誌介紹 □廣告宣傳 □親友推薦 □幸福科學的其他出版品 □其他
2. 購買本書的原因：（可複選）□喜歡本書的主題 □喜歡封面及簡介 □廣告宣傳 □親友推薦 □是作者的忠實讀者 □其他
3. 本書售價：□很貴 □合理 □便宜 □其他
4. 本書內容：□豐富 □普通 □還需加強 □其他
5. 對本書的建議及讀後感
6. 盼望您能寫下對本公司的期望、建議…等等。

IRH Press Taiwan Co., Ltd.
台灣幸福科學出版有限公司